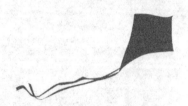

陪着长大

都娟说家教的事儿

都娟/著

Peizhe Zhangda

中国文史出版社

序　言

　　初为父母，感觉全身每一处毛孔都往外溢着幸福，看的、听的、说的、想的全是孩子的信息，于是就有了记录孩子生活的想法。最初的记录只是为了沉淀情感、留下记忆，可随着时间推移，这种兴奋慢慢褪去，也曾有过放弃，但源于教育职业的敏感性，让我从中窥探到教育的价值，于是就坚持了下来，并在每一次生活记录后面反思了每一个教育事件背后蕴含的教育规律和道理。

　　本书内容没有刻意进行分门别类，而是以时间为轴线记录发生在孩子身上的事以及我看到的和想到的有关家庭教育的事。没有铿锵有力的表述，通篇皆是轻松、从容的小记，让读者欣赏、共鸣，令览者感觉不到教育的负担与压力，反而感受到与孩子相伴的愉悦。陪伴孩子的人生之路就如同在花园漫步一样，一边欣赏美丽的景色，一边收获陪伴的幸福。

　　教育，是对人的塑造和培育，决定着孩子的前途命运，影响着孩子的一生。而当前，学校和家庭在教育的路上左冲右突，施展了浑身解数，教育的手段越来越多，教育的形式花样翻新，但很多时候，教育的效果并没有达到我们所期望的高度，孩子、父母和老师都感到"压力山大"。所以，我想尝试既从父母的角度去关注孩子的成长，也从一个教育者专业的角度去审视孩子的发展、思考教育的现象和问题，去伪存真，寻根溯源。

　　在陪着孩子长大的过程中，我最深刻的感悟是：教育应该是在孩子需要的时候进行，而不仅仅是在我们大人需要的时候进行。教育应该尊重孩子的成长规律，而不仅仅是我们大人的一厢情愿和强制执行。教育不是我们"做好准备了"便可以对孩子"教育一番就走了"的简单事情，教育应该是在孩子需要的时候，我们给得"刚刚好"。我们要静下心来，俯下身来，给孩子温暖贴心、科学有效的陪伴。然后，我们能感知孩子的内心需求，孩子也能感知我们的倾情给予，于是我们和孩子彼此舒服地相处。我们快乐着孩子的快乐，痛苦着孩子的痛苦，幸福着孩子的幸福，从孩子的视角看世界，以孩子的心理感悟生活。我们的陪伴，才是孩子行进路上虽柔软但却最有韧性的力量。

《陪着长大》是一本轻松而有温度的书，希望也可以陪伴父母们在家庭教育路上温暖前行……

作　者

2021 年 12 月 15 日

目　录

你是家里的一员

儿子期盼的星期六，终于来了……

一大早，儿子就催促我起床，可能是想为"玩"节省更多的时间，这个小家伙自己主动而迅速地洗了头，抹了脸，刷了牙……我故意慢慢悠悠地收拾着，"儿子，周六了，妈妈辛苦一星期了，每天早早起来做饭，今天，爸爸去值班了——"我故意拖着长腔。"妈妈，你辛苦了，我去买饭吧！告诉我，想吃什么？""豆腐脑、油条……"说时迟那时快，儿子转动大脑粗略计算了一下，拿了钱，飞奔出门！

❀说给家长❀ 爸爸不在家，儿子就是家里的男子汉，理应承担起照顾妈妈的责任。我们都希望孩子将来成为一个有责任感的人，一个懂得对自己负责、对他人负责的人。这就需要我们从小培养孩子的责任意识，鼓励孩子参与家庭的各种决策，让孩子切身感受到，自己是家里的重要一员，拥有和爸爸妈妈一样的发言权和参与权。

品味歌的味道

接儿子放学回家的路上，车里播放着汪峰的歌曲《北京北京》，儿子十分悠闲地哼唱着。我故弄玄虚地说："儿子，听着这首歌，怎么就像走在北京的街道上呢？"儿子稍作思考说："我也有这种感觉，尤其是这几句歌词：'当我走在这里的每一条街道……发动机的轰鸣和电气之音……咖啡馆与广场有三个街区，就像霓虹灯到月亮的距离……北京，北京……'这不都在刻画和描写着北京吗？"我很高兴，儿子开始思考歌词的含义了。我又问他："听汪峰的歌曲，你有什么感受？"儿子说："悲伤，呐喊，心潮澎湃……好像有故事，有情节。""嗯，我们的感受是一样的，我也听出了些许伤感。"得到了我的认同后，儿子继续着他对歌词的解读："我觉得这几句歌词写得很伤感，'我似乎听到了它烛骨般的心跳，我在这里欢笑，我在这里哭泣，我在这里活着，也在这儿死去，我在这里祈祷，我在这里迷惘，我在这里寻找，在这里失去……人们在挣扎中相互告慰和拥抱，寻找着，追逐着，奄奄一息的碎梦……'"我很欣慰，儿子开始从音乐中感悟一种情感和心境了。

❋说给家长❋ 每个人的经历不同，就会拥有不同的心情和感触，但是，一种阳光般的心态和积极向上的生活态度是多么的重要，它决定了一个人正在或将要演绎什么样的故事和人生。好喜欢和儿子一起在情感世界里品味人生的各种味道。

让孩子自己找答案

我和儿子，大手拉小手，惬意地行走在街道上，心情好极了。

突然，有辆黑色马自达轿车从前方横冲过来，不但闯红灯，而且越过双黄线逆向行驶，导致很多车辆紧急避让，万分惊险！儿子也顺口说了一句："吓死宝宝了！"我稍作平静，问儿子："你来分析一下，刚才那辆马自达轿车有哪些违章行为？"儿子心有余悸地说："闯红灯、逆行、压黄线……这么猖狂，有可能是酒后驾驶……对了，我刚才看到，这辆车根本没有牌照！我说怎么如此漠视交通法规！黑车啊！"我追问："儿子，你知道这些违章行为的后果是什么，司机应该受到怎样的处罚吗？"儿子摇摇头并急切地想知道如何处罚这些让人深恶痛绝的违法行为。但是，我并没有直接告诉他，而是顺手把手机递给了他，儿子心领神会，开始上网查询，只听他喃喃自语："饮酒后驾驶机动车，罚款一千至两千元，暂扣驾照六个月，同时计十二分；醉酒后驾驶机动车，驾照吊销（五年）；机动车违反信号灯通行，扣六分，罚款二百元……妈妈，我们可要严格遵守交通法规啊，既保证了行人的安全，也保证了我们的安全！"

❋说给家长❋　国家的法律法规需要每个公民去遵守，因为违法、违纪、违规行为会造成严重后果，损害国家和公民的利益。我们获取信息有多种渠道，上网搜索查询是一种很方便快捷的方法，是当今信息化时代对人的学习力的考验。随时保持一颗好奇心和强烈的求知欲，是孩子探索未知世界的原动力。孩子遇到困难和疑惑，家长要学会"兜圈子"，不要轻而易举地把现成答案"全盘托出"，而是给孩子自己探索新知的机会。有时候，亲身体验才是真正意义上的获得。

为什么我不是第一名

我像往常一样，等候在学校门口，接儿子放学回家。

当焦急的下课铃声响起时，校园里瞬间沸腾了起来。孩子们像一群群小鸟，欢快地飞到了操场上、树荫下、走廊前。孩子们的队伍是规规整整的，步伐是整整齐齐的，可外表的“规矩”掩饰不住孩子们欢呼雀跃的小心情，尤其是队伍中的那个小家伙——刚上小学三年级、阳光开朗的我家宝贝。

果不其然，儿子刚一出校门，就瞪大了眼睛，在浩荡的家长人群中快速而急切地搜寻着，一看到等候在路边的我，便迅速锁定目标，第一个冲出队伍，飞奔过来……我知道，他一定有什么天大的喜事要告诉我。“妈妈！妈妈！好消息！好消息！今天我们数学考试了，我考了一百分！一百分！全班共有十五个同学考一百分，我就是其中一个！”儿子连珠炮似的播报着这一振奋人心的喜讯。

的确是好消息！儿子所在的班级里共有六十七个学生，他的成绩一直徘徊在三十名左右，这次却意外地挤进了十五个满分的行列，真的是一个大大的惊喜！我高兴地拍着儿子的肩膀说：“太棒了，儿子！你竟然从三十名追赶到了第十五名，进步很大呀！走！妈妈要奖励你一下，请你吃汉堡！”

那一刻，我的心情是激动的，我的表扬是真诚的，可没想到的是，我随口而来的夸奖并没有令儿子开心和满意。听到我的夸奖后，他先是一愣，然后是满脸的疑惑和沮丧，噘着嘴，嘟哝着：“妈妈，为什么说我是第十五名？我们班十五个同学考的都是一百分，我也是一百分，我应该和其他同学是并列第一名呀！"

对呀！儿子明明是一百分啊！为什么我不知不觉地就把儿子定位在了十五个满分孩子中的最后一个呢？一番鼓励的话，怎么到嘴边就变了味儿、泄了劲儿呢？稍作分析后，我找到了其中的缘由：原来，在我夸儿子的同时，我的潜意识中却暗藏着另一种想法：根据你以往的表现，从三十名进步到十五名已实属不易，哪里敢奢望你和第一名会有什么联系！再说，班里有十五个考一百分的呢，你只是其中一个，又不是什么凤毛麟角，有什么好骄傲的！

❋说给家长❋ 孩子渴望被认可，渴望被鼓励，这是一种与生俱来的本能需求。而我们家长往往看不到孩子的点滴变化，低估了孩子的发展潜能。我们习惯用老思维、老眼光去审视和评价孩子，习惯用固有的、静止的思维去分析和看待孩子的成长，用更高的目标和无休止的贪念去度量孩子的进步，所以，在孩子们眼中，我们的夸奖总是显得那么吝啬和敷衍，我们的鼓励总是显得那么虚假和功利。其实，每个孩子的内心深处，都有让自己成为"好孩子"的想法和愿望，甚至比我们家长更渴望自己变得"优秀"和"出色"，可为什么我们总在抱怨孩子的"平庸无华"和"碌碌无为"？那是因为，我们家长对孩子的成长期望值太过"高攀"和"贪心"，而我们又缺少了一双发现"优秀"的眼睛和识别"优秀"的能力，欠缺了一份认同和接纳孩子进步的坦然与诚意。

别让我受伤

一大早，小区的另一栋楼上又传来男孩儿歇斯底里的吼叫声。几个月了，几乎每天晚上，都能听到那个男孩儿"疯子"般的声音，嘶哑的喊叫声伴随着砸东西、摔东西的声响，偶尔，也穿插着女人高分贝的训斥声。虽然不知道发生了什么，但是，直觉告诉我，这个家庭一定出问题了，孩子一定出问题了，父母一定出问题了。

❋说给家长❋　环境造就人。孩子的人格、品行以及为人处世的态度，从小就在家庭环境的影响下悄然形成。如果一个家庭，每天都弥漫着战火硝烟，每天都充斥着恐惧、焦虑、指责、抱怨和憎恨，那么，这个家庭中的每一个成员都将无一例外地被波及，而对于身心发育尚未健全的孩子来说，无疑是家庭战争中的最大受害者。

角色互换

　　儿子九岁了，学习方面出现了一些问题。具有"家长"和"教师"双重身份的我，自然要发挥"教育人"的强项，每天都会对儿子苦口婆心地唠叨一番："上课要注意听讲，不准做小动作！""下课不要疯跑着玩，要提前把下节课的东西准备好！""做作业时，一定把字写好！""不懂的问题，一定要问老师……"反复的说教，已经让儿子略显麻木和反感。为了尝试更为有效的教育方式，我决定和儿子来个角色互换——让儿子当老师！

　　游戏中，我扮演的是一个"毛病百出"的小学生，我极力地搜索着儿子身上的坏习惯并淋漓尽致地将其演绎出来：听课时嘴里叼着笔帽，老师讲话我看窗外，写作业时趴在桌上，老师读课文我就玩手机，老师一说上课我就吵着要去厕所……一番辛苦的扮演后，儿子的恼怒情绪已堆积在脸上，他郑重其事地告诉我："老师读课文时，你要认真听；老师讲话时，你要看着老师的眼睛，这是对老师劳动的尊重。""别把与课堂无关的东西放在桌子上，免得分散注意力。""老师多不容易啊！一边看着手里的课本，一边还要观察下面的同学在干什么。""下课疯跑着玩，一说上课了，就去厕所！""什么时候我发现你不看手机了，就奖励你一个小笑脸；十个笑脸可以换一张喜报！""提出一个问题比解决一个问题更重要！""聪明不干，等于笨蛋……"一时间，我目瞪口呆，这不都是我和儿子的老师平时再三嘱咐的话吗？没想到，一个简单的角色互换游戏，竟然让儿子把这些看似快要烂掉的道理领悟得如此深刻!

✿说给家长✿　对于儿童来说,游戏并非是成人眼里的随意玩耍,而是场景的真实再现和情感的直接体验。通过游戏,可以使儿童萌发意识、激发情趣、启发智慧、锻炼体魄、塑造性格、适应社会。把儿童应做的事变成一种游戏,不失为教导儿童的一项行之有效的智慧之举。

神奇的无意记忆

十一假期，一家人出去游玩，路上，看着车外的人流，听着车载的音乐，亦是惬意无比。

车上大概有上百首歌曲，其中包括京剧和外文歌曲。令我和老公惊讶的是，车里播放的每一首歌，儿子都能哼出韵律、唱出歌词，就连英文歌曲、闽南语歌曲和京剧段子，他也唱得有板有眼，有模有样。老公激动地拍着腿说："儿子，不得了啊！都是啥时候学会的呀？"我也用"闪闪的目光"看着眼前这个小家伙，不由自主地唱起来："我的小伙伴们都惊呆了……"儿子得意地说："这些歌曲啊，都是在你们接送我上下学的途中学会的，没有专门去学，听得多了，自然就会了。"

❀说给家长❀ 这种现象属于无意记忆。无意记忆是指大脑对外界信息的无意识、无目的存储记忆，指主观上没有记忆该项事物的意识，但是经过长期的影响形成的、难以更改的记忆，常见的有语言的口音、口头禅、习惯性动作等等，在非学术状态下称之为"习惯成自然"。大脑的生理学表明，与大脑记忆密切相关的是大脑新皮层的颞叶和旧皮层的海马，大量而快速地向大脑无意识地输入各种信息，这对大脑来说，无疑是有一定的刺激作用，而这种刺激作用越快越多，就越能够在海马构筑起清晰而坚固的记忆回路。在儿童成长期间，家长可以多创设一些无意记忆的情景内容，让孩子无意之间就有了学习的收获，此乃"家长有意识插柳，孩子无意间成荫"。

我到底该做什么

早晨，儿子起床了……

我一看到宝贝儿子从他的房间出来了，就如同条件反射一般，立刻打开了话匣子："儿子，抓紧洗脸，让自己精神好一点……还是先刷牙吧，吃了早饭再洗脸，要不，饭都凉了……对了，你的书包还没整理好吧……"这边话音还没落，那边老公也不甘示弱，以迅雷不及掩耳的速度把"接力棒"抢了过去："儿子，不让你养狗，你偏不听，我们既然同意你养，你就要照顾它！快去，冲狗厕所……给它喂狗粮……下去遛遛它……先把地上的狗玩具整理一下……"儿子睡眼惺忪，打着哈欠说："等会儿……等会儿，我都蒙了！先让我理一理，妈妈，您吩咐了三件事，第一……第二……第三……对吧？爸爸，您安排了四件事，第一……第二……第三……第四……没错吧？七件事，我到底先做哪一件事呢？"

❈说给家长❈ 无休止的催促和唠叨，实则是家长内心焦虑的外在体现。长期处于这种环境，孩子会变得焦躁不安，更可怕的是，习惯了被命令、被操控，孩子就失去了基本的思考能力。一旦操纵消失，孩子就如同断了线的木偶，瞬间瘫痪！但是，值得庆幸的是，也就在此时此刻，孩子终于开始思考人生了，真正开始成为了他自己。

有一种伤害，叫"妈妈不理我"

理发店里，理发师正忙着给顾客洗头、剪发、吹发。一个年轻妈妈带着一个三岁左右的女孩儿匆匆忙忙地推门而入。刚进门，妈妈就吆喝着理发师："快一点！"显然，她有急事。理发师灵活的手指迅速撩拨着年轻妈妈的头发，电吹风也不时地发出了焦急的嗡嗡声。小女孩儿坐在一旁的椅子上自己玩耍着，对理发店这个陌生的环境充满了好奇。突然，小姑娘惊讶地问："妈妈，这是什么呀？"她一边把玩着理发师专用的滚梳，一边情不自禁地发问。可是，妈妈满脸的不在乎。"妈妈，这是什么呀？"小姑娘又问了一遍。妈妈仍然无动于衷。"妈妈，这是什么呀？这是什么呀？这是什么呀……"一连串的发问，小姑娘本能地试图从妈妈那里找到答案。可是，年轻妈妈始终是紧皱眉头，闭口不言，一双美丽的大眼睛，一直"坚定不移"地盯着镜子。再看那个小女孩儿，在尴尬和无趣中，安静地转移了自己的注意力。

❋说给家长❋ 很多成年人感觉到，若对方没有回应或不及时回应，自己的情绪会产生巨大的波动。幼小的孩子更是如此，并且，幼童获得回应的数量和质量，将决定他未来的沟通能力。亲子心理学表明，七秒钟内没有收到回应，孩子会有受挫感。若总是受挫，孩子可能就不会再发出呼应。所以，大人要回应，而且要回应及时。尤其是儿童对未知世界的探究欲和好奇心，是儿童发展和成长的原动力，家长更应该呵护。

耐力对决战

今天星期六，在享用了丰盛的早餐后，儿子开始写作业。写了还不到半个小时，他就说累了，想放松一下。我知道他的心思：看电视。难得周末，看一会儿也无妨。在得到我的允许后，儿子便开始了痴迷的影视之旅。一个小时过去了，我提醒他。他的眼睛直勾勾地盯着电视，满不在乎地说："等会儿，等会儿，正演着《笑傲江湖》呢！"两个小时过去了，我又提醒他。他赖皮地说："等会儿，等会儿，正看着《奔跑吧兄弟》呢！"看着儿子没有要关电视的意思，我的怒火不打一处来。可转念一想，我要是狠狠批评他，他会不服气；我要是强制性地关掉电视，他一定会认为我独断专制。于是，我决定和儿子来一场耐力对决战，我要让他主动关掉电视，不但心服口服，而且刻骨铭心。

我平静地坐下来，从容地打开电脑，找了一部连续剧《潜伏》，津津有味地看起来。我很清楚，已经中午十二点了。一个小时过去了，儿子开始走动，第一站：厨房。没看到我的身影，就喊了起来："妈妈，什么时候开饭？"我对着他喊道："等会儿，等会儿，正演着《潜伏》呢。"无奈之下，儿子开始翻腾客厅的柜子找东西吃，无果。这时，真人秀《我们十七岁》再次吸引了他。又一个小时过去了，儿子坐不住了，小有情绪地来到我跟前说："妈妈，怎么不做饭啊，我饿了！"我假装正在兴致头上："等一会儿，等一会儿，精彩剧情即将上演，好儿子，再等一会儿！"儿子一听，略带气愤地走了。我觉察到他已经坐不住了，看来，这个小家伙真的饿了！我窃喜，"好戏"才刚刚开始。又过了一会儿，我听见儿子"啪"地关掉了电视，大步流星地直奔我的房间，一屁股坐到床上，气呼呼地说："妈妈，咱俩谁都别看电视了！我先关了，你也关了吧！该吃饭了，我都快饿死了！"我故意拉长腔："好——吧，好——吧，做饭！哎呀，儿子，家里没有馒头了……""我去，我去，我去买！"话还没说完，猴急的他就从我眼前瞬间消失。

❋**说给家长**❋　聪明的妈妈，是在和孩子斗智斗勇中成长起来的。孩子成长，父母也成长。

理解的回声

　　儿子上萨克斯学习班，中午十二点结束，一看表，十二点二十分了，我却还堵在路上。雨不停地下，我心急如焚，脑子里浮现出儿子冲我发脾气的模样。

　　长长的车队，以蜗牛般的速度行进。过了几个路口，终于靠近儿子学习的地方。雨帘中，我极力地搜寻儿子瘦小的身影。远远地，我看到他独自站在一个商店的屋檐下，四处张望。当我小心翼翼地把车停靠在路边时，儿子看到了我，当然，我也看到了他眼中的气愤与不满。

　　还没等他开口，我就十分坦诚地向他道歉并解释了晚来的理由："儿子，都是妈妈不好，明知道下雨天会堵车，就应该提前出发来接你。因为我考虑不周，让你一个人在雨中焦急等待……"本已做好了让儿子抱怨的准备，没想到，他却一反常态，显得平静而宽容："没关系，妈妈，我知道你心里一定也很着急，不就是等了一会儿吗？我刚才一直在欣赏雨景，看到了很多平时看不到的有趣情景，挺好玩的！"

　　❋说给家长❋　理解、尊重、宽容是有回声的。对待孩子也是这样，你越能设身处地为他考虑，他也越能理解你、敬重你；你越不懂他，他也越觉得你不可理喻。所以，善解人意的父母必定培养出善解人意的孩子。

15

买来的表扬

　　饿了，肚子咕噜叫，于是，我走进一家熟悉的小餐馆。

　　店老板六岁的女儿，正趴在餐桌上专注地写作业。看见我进来，店老板便笑脸相迎。在柜台窗口点餐时，店老板大声吆喝着："您好，想吃点什么？"和往常一样，我点了一碗麻辣烫。当我把钱递给店老板时，他却摆摆手，从窗口探出头来，小声对我说："您能帮我个忙吗？"说着，他指了指旁边的小女孩儿，"我知道您是老师，我女儿呀，最听老师的话，能得到老师的表扬，她会更来劲儿！"我领会了店老板的意思，就跟随他一起走到小女孩儿的身边。"宝儿，这位阿姨是老师，她刚才看到你写作业时可认真了，一直夸你呢！"店老板直冲我眨眼睛，我也很配合地点点头。当然，出于教师的职业习惯，我还是很认真地查看了孩子的作业：不但书写漂亮、工整，而且正确率百分之百！我情不自禁地对小女孩儿竖起了大拇指。看到"老师"坦诚的笑容，听到"老师"真诚的表扬，小女孩儿可爱的大眼睛里，立刻闪烁着自信的光芒。接着，我们又惊喜地看到，小女孩儿的坐姿更加端正，握笔更加有力，稚嫩的小手在作业本上一笔一画地继续写着……

　　店老板满意地咧着嘴笑，憨憨地说："今天的餐费不收了，我请客！"

✵说给家长✵ 暂不说表扬与鼓励对孩子成长有多么重要，单单是店老板"花钱买表扬"这一举动，就足以令我感动和敬佩！我知道，店老板的"小心思"里，明明饱含着一位父亲对女儿伟大而智慧的爱。

球球自传

快考试了，儿子说："妈妈，如果我这次考得不错，能不能满足我一个愿望？"我告诉他，只要愿望合理，当然可以满足。

一番努力过后，儿子顺利通过了考试，他也如愿地得到了一只可爱的小泰迪狗。从那天起，儿子就与这只名叫"球球"的小狗结下了不解之缘。

每天早晨，儿子睡眼惺忪，手里拿着卫生纸，满屋子寻找并清理着狗臭臭。我和老公有点反感，但儿子耐性十足，耸着肩膀，双手一摊，开玩笑地说："我算是交上狗屎运了！"

一开始，小狗的习惯还没养成，陌生环境让它显得不知所措：随地大小便，咬坏东西，跳上沙发和床铺……说实话，有一个淘气的儿子，就够让我们操心了，再加上一个球球，真是额外负担！忍无可忍之下，我和老公开始"预谋"把小狗送走。可是，儿子的眼泪一次次击退了我们，挽救了球球。

为了减轻我们的负担，维护狗的尊严和地位，儿子对球球更加关爱呵护，又是精心调教，又是科学喂养，并不厌其烦地为球球收拾着一次次搞破坏留下的残局。慢慢地，我们从儿子身上看到了一系列可喜的变化，更看到了一个小男子汉对一个小生命的责任与担当。

晚上，儿子趴在电脑前，全神贯注地盯着屏幕，直觉告诉我，他又在玩电脑游戏。我偷偷来到他的身后，发现儿子正一本正经地用两个食指在键盘上敲击着，屏幕上呈现着这样一段文字：《球球自传》——我叫球球，是一只萌萌哒的小母狗。一开始，我出生在一个幸福的家庭，可是，刚出生不久就被抱到一家宠物店。后来，我遇到了一个帅气而有爱心的男孩儿，从那一刻起，我"人"生的奇幻故事就拉开了序幕……

看到眼前的一幕，我感动得泪流满面，情不自禁地拥抱了儿子。因为，向来对写作文不感兴趣，甚至一提起写作就犯愁和痛苦的儿子，今天，竟然开始了他创意写作的生涯。

✖说给家长✖　兴趣能够激发孩子的潜能，能够让混沌的孩子突然开窍。有时候，我们只需再等一等，再耐心一点，也许下一刻，我们就能惊奇地发现孩子的变化和成长。

儿子教育了我

"妈妈，今天我们有一项特殊的作业，就是给您'洗脚'。"儿子边说边高兴地往盆子里倒热水。他摇摇晃晃地把盆子端到我面前，先是用手在水里试了试温度，又很"自如"地在自己衣服上擦擦手，然后说："妈妈，好了，开始洗脚咯!"儿子蹲下身，用小手在我脚上轻轻地搓着，看着他十分认真和坦诚的样子，我很感动，也很欣慰。我由衷地感慨：儿子长大了，懂事了，学会了感恩。同时，我也更为敬佩学校的老师，能够把感恩教育渗透到孩子的具体行动中，这是一种教育的智慧。

儿子的动作越来越娴熟，我表扬了他，儿子也很开心。洗着洗着，他突然抬起头问我："妈妈，您给姥姥洗过脚吗？姥姥是不是也很高兴呢?"一句话问得我哑口无言，因为，我从没有给母亲洗过脚。面对儿子的"质问"，我选择了"实话实说"："没有，因为姥姥身体很棒，根本不用我洗……"儿子看看我，无语，继续洗。感觉这不是儿子想要的答案，我马上补充道，"因为我们老师从来没有布置过这项作业……"儿子又看看我，沉默，仍继续洗。感觉这还不是儿子想要的答案，我又跟进补充道，"姥姥觉得不好意思，总是不让我洗……"

面对我如此拙劣的解释，儿子只说了一句话："妈妈，如果您想给姥姥洗脚，就一定能做到，而且姥姥也一定会很开心!"

❋**说给家长**❋ 我一直信奉：教，就是做给他看。然而这件事却让我经历了"文化反哺"式的再教育。

20

和手机争宠

像往常一样，晚饭过后，我和儿子便开始了幸福而愉快的亲子共读。

儿子捧着一本《鲁滨逊漂流记》，津津有味地读起来。我也翻开了尚未读完的一本书《最好的方法给孩子》。

嘀嘀嘀……枕边的手机响了。我就像一个饥饿的人扑在面包上，迅速而准确地抓起手机，超近距离地放在眼前，习惯性地、相当期待地、饶有兴致地点开了微信朋友圈。朋友的问候，伙伴的调侃，搞笑的视频段子，吸引人眼球的新闻……一番眼花缭乱之后，我便开始了如饥似渴的点读。真的，手机确实是一个具有超级魔力的物件儿，一旦被吸引，便很难挣脱它的缰绳。不知不觉中，我的手指疯狂地在手机屏幕上划拉着，时不时还伴随着我一连串诡异的笑声。

儿子斜着眼睛看我，嘴唇翕张，像是有话要说，可最终还是保持了沉默，继续着他的岛上探险之旅。一切看起来都很平静，似乎什么都没有发生。突然，儿子一反常态地大声朗读了起来："1632年，在约克市一个上流社会，出生了一个小男孩儿，他从小对航海非常痴迷，生性喜欢探险。尽管他航海的梦想遭到了父母的反对，但鲁滨逊还是在他十九岁那一年离开了家，开始了他的航海生涯……"

我被儿子突如其来的举动吓了一跳，十分疑惑地看着他。我知道，奇怪现象的背后一定有奇怪的原因。

21

儿子迅速而急躁地翻动着书页，最后，索性把他心爱的书籍往桌子上一扣，呆呆地靠在椅背上。我觉察到他的反常动作，顺口问了一句：“儿子，怎么了，累了吗?”哪里知道不经意地一问，却让儿子的眼泪如断了线的珠子一样，顺着脸颊拼命地滚落下来。见此情景，我问道：“到底什么状况?”儿子哭了半天，终于开口说了一句话：“妈妈，下辈子我一定要变成手机!”

✲说给家长✲ 孩子的情感是丰富而真实的，他们能敏感地觉察到父母的关注点究竟在哪里。当他们觉得自己的存在被忽视了的时候，甚至可以和一个没有生命迹象的手机去争宠。我们也许懂得陪伴对孩子的重要性，但往往忽视了陪伴的有效性。其实，心的陪伴才是真正的陪伴。

一块钱的荣耀

儿子上一年级了，他很开心，我也很高兴。

一天中午，我去接他。远远地，我就发现儿子不对劲儿，一反平日里活蹦乱跳的常态，此时此刻的他显得垂头丧气。儿子走到我跟前，脸上堆满了不高兴。我问他怎么了，他闭口不言。正巧，儿子同班的两个女生路过，一看见我就争抢着向我汇报："阿姨，今天我们考试了，你们家儿子考了八十九分，全班倒数第一！"我还没从"倒数第一"这个被小女生着重强调的词汇中反应过来，儿子呢，就已经"逃"到了路边的一棵树后，号啕大哭起来。

一时间，我显得不知所措。但我完全能理解"倒数第一"这个灰溜溜的数字对儿子的伤害究竟有多大。

经过我一番耐心的劝说和鼓励，儿子终于"语过心晴"。下午上学时，儿子向我要了一元钱，说是要买同学们都品尝过而且都说好吃的面包，我同意了。

下午放学，我去接他，发现儿子脖子上系着一条鲜艳夺目的红领巾。我清楚儿子才上一年级，还没有加入少先队。所以，他的这个举动让我顿时哭笑不得。儿子似乎觉察到了我的表情变化，马上解释说："老师说了，我们到二年级就要举行入队仪式，少先队员是最光荣的，表现好的同学才能优先入队……可后来，我发现学校门口的商店里有卖红领巾的，才一块钱一条……"

我笑着亲吻了儿子，并郑重地为他介绍了中国少年先锋队。

❋说给家长❋ 每个孩子的内心深处都隐藏着想做一个好人的想法，谁都不会天生就带着要做一个坏人的想法来到这个世界上。孩子也有自尊心，也希望得到认可。我们不要因为一件事或一个侧面就给他们贴上"坏孩子"或"差生"的标签。有时候，仅仅是因为我们的评价标准过于单一，是我们极为荒唐地用同一把尺子衡量了所有拥有不同潜质的孩子。

小蝌蚪找妈妈

儿子两岁时，我给他讲"小蝌蚪找妈妈"的故事。他听着听着，突然兴奋地告诉我："妈妈，我是小蝌蚪，在找妈妈。"说着，就开始绕着我，在床上一圈一圈爬起来。我顿时明白：游戏开始了！

儿子每次爬到我面前时，就用稚嫩的声音问我："妈妈，妈妈，你是我的妈妈吗？"我也会故弄玄虚地说："我不是你的妈妈，我是小鱼的妈妈。"儿子失望地继续围着我爬，一圈后，又问我："妈妈，妈妈，你是我的妈妈吗？"我摇了摇头说："你认错妈妈了，我是小乌龟的妈妈。"儿子再次失望地离开，又一圈后，他用十分委屈而颤抖的声音问我："你是……我的……妈妈吗？"我微笑地告诉他说："我不是你的妈妈，我是小螃蟹的妈妈。"突然，儿子大哭起来，边哭边惊恐万分地说："我迷路了，我找不到我的妈妈了……"儿子哭得那个痛啊，把我心疼坏了。可是，我又不能违背游戏规则，还得继续认真地陪儿子演下去。

我用蝌蚪妈妈的口吻喊着："宝贝，我的宝贝，你在哪里啊？妈妈在找你啊！找不到你，妈妈好着急啊！"儿子一听，赶紧强忍住眼泪，用力地绕着我爬了一圈，然后说："妈妈，妈妈，你是我的妈妈吗？""宝贝，我是你的妈妈呀！妈妈终于找到你了！"儿子又哇的一声哭了，扑到我的怀里，紧紧地搂着我："妈妈，妈妈，我的好妈妈，我终于找到你了……"

看着儿子这么入戏，我是既心疼又欣慰。心疼的是儿子亲历了

25

"亲子离别"的恐惧和悲痛，欣慰的是儿子通过这个角色扮演的游戏，在"绝对安全"的情况下体味了找不到亲人的"不安全"的感觉，这种情感的体验一定会给他留下深刻的记忆。

❋**说给家长**❋　　游戏对儿童的成长来说，就像维生素一样必不可少。著名的教育学家福禄贝尔曾说过："游戏是人在儿童阶段最纯洁最神圣的活动。"对于儿童来说，枯燥的说教大多收效甚微，可如果把儿童应做的事变成一种游戏，则更容易被儿童接受，因为在游戏中，儿童可以保持良好的情绪和情感，能够在相对比较放松的状态下，润物无声地受到感染和教化。

有样学样

　　记得看过一段小视频：妈妈把手机递给了五岁的女儿，说："宝贝，给爸爸打电话，问他什么时候回来。"女儿拨通了爸爸的电话："爸爸，妈妈问你什么时候回来。"电话那头说："把电话给妈妈。""妈妈，爸爸让你接电话。"妈妈不耐烦地对女儿说："你替妈妈说！"于是，女儿就开始对着电话大声训斥："都九点了，你还不回来，你这个死鬼！如果再不回来，你就别想上老娘的床！"

　　是不是很好笑？但我们也很想知道：孩子到底是跟谁学的？我想啊，恐怕是有样学样吧！

　　❀说给家长❀　智慧的妈妈，是不会当着孩子的面去和老公发生争执的。因为，孩子是录音机、摄像机，大人的一举一动都会被孩子录下来，再原封不动地播出去。聪明的妈妈一旦和爸爸发生意见上的分歧，会悄悄地和爸爸私下解决，让孩子回避，免受伤害；也可以让孩子来当"法官"，为爸爸妈妈之间的争执做个评断，这样一来，既化解了矛盾冲突，也锻炼了孩子的是非判断力，营造了民主和谐的家庭氛围，孩子也会在这样的家庭中学会理解和宽容。

磨难是孩子成长中的"钙"

2015 年，我被评为"感动濮阳十大年度人物"，和我一起上台领奖的还有一个坐在轮椅上的"玻璃男孩儿"——李帅。

1991 年 9 月 16 日，李帅出生在中原油田采油二厂一个普通的职工家庭。李帅未满月，就被确诊为"脆骨症"（先天性成骨不全），患这种病的人极易骨折，俗称"玻璃人"。医生说，这孩子活不到五岁。李帅是不幸的，但幸运的是，他有一对伟大的父母。六岁前，家里请保姆照顾他。六岁后，父亲李林全办了内退手续，专心在家照顾李帅。2013 年，李帅考上了郑州电力职业技术学院，成为一名大学生。虽然身患重病，但李帅的人生一点都不比别人逊色。他学钢琴达到业余七级，还组建过乐队，葫芦丝、吉他等也都能演奏；他开过网店，组了一个网店营销群；他高一时写成一本二十四万字的小说《杀手那些事儿》。"我把每一天都当成最后一天来过，因为我知道自己的寿命不会太长，要好好珍惜每一天。"李帅说，上天在为他关上一扇门的同时，也为他留了一扇窗。

这位只有手和头能动，被医生宣判活不过五岁的男孩儿，今年二十四岁了，至今骨折一百多次，但他所遭遇的一切磨难都没能让他向命运低头，反而激发出更多的正能量。2014 年 10 月，李帅接受《鲁豫有约》的独家专访，并参加由北京卫视举办的《我是演说家》比赛。几轮激烈的比赛后，李帅最终进入全国六强，并夺得第四名的好成绩。此后，李帅开始了全国高校巡回演讲，更是担任大连工业大学、大连理工大学的客座讲师。他说，自己虽然不能正常行走，但他可以用自己的思想激励更多的人站起来、行走和奔跑。

❋说给家长❋ 对于孩子来说，"磨难"就像成长过程中的"钙"，是身体发育必不可少的营养物质。在大人的百般呵护下，过于一帆风顺的人生，只能丧失孩子的斗志、意志、胆识和智慧。只有让孩子去经历人生中必不可少的"磨难"，他们才能拥有战胜磨难的勇气和方法，才能真正成为自己精彩人生的主角！

一岁半与大道理

有一次，"毛毛虫志愿服务队"进行家庭教育咨询服务，一位年轻妈妈滔滔不绝地向我们倾倒着孩子的种种问题：任性、调皮、逆反、不听话……她特意把"不听话"三个字用高八度的嗓音进行了着重强调。妈妈越说越激动，也越说越无奈："唉，道理讲了多少遍，就是不听！"看得出，年轻妈妈对孩子恨铁不成钢。再看看那个被贴上"不争气"标签的小女孩儿，正坐在一旁的凳子上，专心致志地啃着手里的烧饼，烧饼里的青菜不时地洒到地上。年轻妈妈见状，立刻火冒三丈："这是谁弄的？啊？是不是你？捡起来！随地扔东西是很不文明的，给你讲了多少遍了，你就是记不住！"可孩子呢？一言不发，仍然把所有的注意力都集中在我们谁也察觉不到的兴趣点上。我轻声地问了一句："孩子有——几岁？"年轻妈妈脱口而出："一岁半！"

一岁半？智力水平应该达到多少？能否达到听懂并解读大道理的高度？能否对道德观念进行思维判断并指导产生"得体"而"可爱"的行动？我无语……

这时，坐在我旁边的一位志愿者，顺手把一个小纸盒在孩子面前晃了一下，没想到，小女孩儿的注意力立刻转移了，并伸出小手想要去抓纸盒。志愿者面带微笑地说："宝贝，想要吗？叫一声'阿姨'。"没料到小女孩儿想都没想，就大声地喊了一声"阿姨！"旁边的年轻妈妈，目瞪口呆，喃喃自语："太神奇了，在家里从来不会

30

这样听话!"志愿者们边夸奖边为小女孩儿伸出了大拇指!"宝贝,干净的地面怎么变脏了?我们一起把垃圾捡起来好吗?"说着,志愿者们就行动起来了,小女孩儿也学着我们的样子弯下腰,努力去捡拾刚刚掉在地上的青菜。当我们把漂亮的小纸盒作为奖品奖励给小女孩儿时,她竟然在没有任何人提示的情况下说了声:"谢谢!"

❋**说给家长**❋　每一个年龄段的孩子,都有匹配该年龄段的智力水平和行为方式,任何违背规律的教育对孩子的成长来说都是一种伤害。不听话,意味着孩子开始有了自己的思想,开始不想复制"我们",不想成为第二个"我们"。

捡来的小红花

上小学了，闺密的女儿恰巧和我儿子分到了同一个班，她女儿天生聪慧，再加上闺密十分用心的教育和培养，女孩儿表现得很出众，在老师面前很得宠。

有一天，闺密得意地告诉我，她女儿数学考了一百分，赢得了一朵小红花。一想到儿子上学都快一个月了，还从来没有把象征荣誉和赞赏的小红花捧回来，我真是心急如焚。我恳请闺密赐教，闺密说，其实很简单，就是告诉女儿，只要得到了小红花，她就请女儿吃西餐。我一听，方法原来如此简单。于是，我便坚定地认为"儿子""红花""西餐"三者之间一定存在着某种因果关系。

如法炮制，我对儿子说："如果你今天得到一朵小红花，我就请你吃西餐！"本以为儿子会很高兴，可他却表现得异常平静，从他的表情里，我觉察到了一种莫名的东西：压力。

下午放学，儿子把一朵红得"烫手"的小红花递到我手中。我激动地搂着儿子，心里涌动着喜悦："我的儿子不比你们差，我的儿子也能'挣'小红花了！"后来，我兑现了诺言，请儿子吃了一顿大餐。当然，我也不忘在闺密面前显摆一下，挣足了面子。

晚上，儿子辗转反侧，睡不着。终于，他走进了我的房间，告诉了我一个天大的秘密：那朵小红花不是老师奖励给他的，而是他在讲台桌下面捡到的！一时间，残酷的现实击碎了我全部的虚荣。

从那天起，我再也不提小红花的事了。因为，我觉得小红花不应该成为儿子生活的全部，在他的七彩童年中还有比赢得小红花更有意义的事情。说来奇怪，当你不过分关注了，奇迹就会突然出现：那一天，儿子真的就捧回了一朵非常漂亮的小红花，那是因为路队口号喊得响亮老师特别奖励给他的！那一天，我看到了儿子阳光般灿烂的笑容。

❋说给家长❋ 不要让我们的虚荣心扰乱了孩子的人生轨迹，不要把我们的想法强加给孩子，不要让我们的思想束缚孩子的灵魂。哪个孩子不渴望优秀？可是，就在孩子努力实现自己的梦想时，却背负着父母过多的虚荣与攀比！

一次失败的探究

中原名师班学习结束了，我坐上了从金华到郑州的高铁。

和我并排坐的是一对母子，小男孩儿有一岁多的样子，妈妈还很年轻。可能是对陌生环境产生的不安全感，让这个小男孩儿一直又哭又闹，周围的乘客也出现了小小的骚动。为了转移孩子的注意力，年轻妈妈从包里拿出一盒酸奶，很熟练地拆开吸管的包装纸，又很准确地把吸管插入酸奶盒上的小孔。当妈妈把酸奶递到孩子面前时，果然很奏效，孩子马上停止了哭闹，一口含住了吸管，拼命地吮吸，尽管眼泪还挂在小脸上。

车厢里恢复了平静，我也继续看我的书。

翻动书页的时候，我无意中瞥了那个小男孩儿一眼，发现他正用大大的、圆圆的眼睛盯着我，那种凝视极为专注，恐怕只有懵懂的孩子才有这样的勇气。突然，小男孩儿头一扬，把吸管从酸奶盒里拽了出来。妈妈的眼光很敏锐，看到这一幕后便迅速把吸管从小男孩儿手中夺过来，再次娴熟地插入酸奶盒上的小孔，哄着孩子继续喝。好奇心是孩子的天性，有了第一次的尝试，小男孩儿开始故意把吸管拔出来。这一次，小男孩儿发现了酸奶盒上的小孔，并试图通过自己的努力把吸管插入小孔。可是，这一动作又被细心的妈妈觉察到，妈妈二话没说，又从孩子手里夺过吸管，漂亮地完成了插管动作。小男孩儿又尝试了第三次、第四次，可每一次探究，都被这个"好心"妈妈及时"制止"。小男孩儿情绪糟糕透了，不停地"啊，啊……"叫着，以此来表达内心的不满。最终，小男孩儿还是没有拗过妈妈，还是没有学会"插管"这一精细动作，这次充满幻想和神奇的探究活动宣告失败。

❊**说给家长**❊　荷兰人列文虎克由于好奇心发明了显微镜，进而发现了一个全新的微生物世界；富兰克林由于好奇心揭开了雷电之谜；爱迪生由于好奇心把东西一件件拆开，然后装上，发明了很多东西；牛顿由于好奇心从苹果落地的现象中受到启发，发现了万有引力定律……好奇心和求知欲是科学创造和发明的出发点和原动力。很多时候，大人们有意无意地扼杀孩子与生俱来的好奇心和探究欲，仅仅是为了不让孩子闯祸，不给自己添麻烦。

抉　择

写完作业，儿子尽情享受着属于自己的轻松时光。

老公在翻看手机，突然抬头对儿子说："你的同桌在群里问，谁见到她的《基础训练》了。你查看一下书包，看有没有误装。"儿子随声应道："我怎么会误装她的《基础训练》呢？难道我想替她写作业吗？哈哈，想得美！"说完，儿子心不在焉地继续着他的放松节奏。

不一会儿，儿子开始哼着小曲，悠闲地整理书包。

"哎呀！哎呀！哎呀！我刚才写的……怎么……是我同桌的《基础训练》啊！"儿子的尖叫声顿时把全家人的心都揪了起来。看着儿子惊慌失措、焦急万分的样子，我们也倍感"同情"，但我心里的小算盘是：教育的契机来了！

我问："儿子，你打算怎么办？"儿子似乎还没有从复杂的思绪中回过神儿来，喃喃自语："我要是还给同桌，全班同学都会笑话我，太丢人了！"看样子，他是碍于面子问题，不打算还了。我顺势引导："好吧，小伙子！你可以装作什么事都没发生，不管同桌怎样地焦急寻找，任凭老师如何地再三询问，你都可以无动于衷，仍然保持你的坦然与淡定！"儿子思索着，内心也激烈地斗争着："那样岂不是天天都背着'撒谎'的黑锅吗？我还怎么在班级里待啊！每天都在痛苦里煎熬啊！每天都在寻找地缝往里钻啊！"儿子的额头已经渗出了大颗大颗的汗珠，只见他用袖子使劲儿抹了一把脸，坚定地说："不行，必须得还！"我欣慰地拍着儿子的肩膀说："是啊！只有诚实的人，心里才坦荡荡。"

第二天早晨，儿子比往常起得都早。因为他想第一个来到教室，把《基础训练》悄悄地放到同桌的桌兜里……

✲说给家长✲ 虽然儿子没有足够的勇气直面同学们七嘴八舌的议论，但他终究还是战胜了人性中的弱点，选择了尊重事实。在孩子成长的过程中，总要面对各种各样的抉择，作为父母，要引导他们做出正确的选择，帮助他们树立正确的道德观念，因为，"诚"能让孩子们脚步更加坚定，"德"能让孩子们赢了世界。

营救蚯蚓

清晨，我拉上儿子，贪婪地呼吸着雨后新鲜的空气，尽情地享受着雨后干净的世界。

公园里，早已热闹非凡：唱戏的、练功的、打球的、跳操的……我和儿子不约而同地加入到最没有技术含量，但人数却是最多的运动项目——散步。锻炼身体嘛，不必刻意追求运动的形式，适合自己，健康就好。

正走着，儿子突然大喊一声："小心，蚯蚓！"我惊讶地低头看脚下，果然，小路上爬满了蚯蚓。令人痛惜的是，很多蚯蚓都已在行人的脚下断为几节。稍有怜悯之心的人，还能不时注视脚下，绕开这些可怜的小生命。

也许是源于一个生物教师最起码的职业修养和专业素养，面对眼前的一幕，我思绪万千，并开始对着身边的儿子语重心长地说教："儿子，看到蚯蚓悲惨的命运，你作何感想？"儿子说："这都是生命啊！它们也是自然界中的一员，可是却被人们残忍地杀害。虽然有的人不是故意的，但还是让人非常心疼！""是啊！蚯蚓能够让土壤变得松软多孔，还能增加土壤的肥力，有利于植物的生长，对自然界中的物质循环和维持生态平衡起着重要作用，所以，蚯蚓有'大地工程师'的美誉。我们要保护蚯蚓，珍爱动物，尊重生命。"说着，我示意儿子不要伤害到地上的蚯蚓，绕道行驶。

我感动于自己的大慈大悲，也得意于对教育契机的把握。

不远的前方，一个小身影在不停晃动，一直重复着弯腰的动作，而且每次弯腰，都像是捡起什么宝贝似的，高兴得又蹦又跳，直觉告诉我，那里好有"温度"。

走近一看，原来是一个五六岁的小女孩儿正用手里的木棍，小心翼翼地把地上的蚯蚓挑起来，再轻轻地放入路边的草丛里。每挑起一只蚯蚓，小女孩儿都会对它小声地嘀咕几句，放入草丛时，又会嘀咕几句。我想，一定是送给蚯蚓祈祷和祝福的话吧。身边的儿子愣了一会儿，看着我说："妈妈，我们是在保护蚯蚓，而那个小女孩儿则是在营救蚯蚓！"说着，儿子也迅速地从草丛里捡了一根小树枝，自觉加入到了营救蚯蚓的行动中。

我不禁对小女孩儿竖起了大拇指，也对自己的儿子竖起了大拇指。

这时，一个三十多岁的女士从后面跟过来，令我惊讶的是，她的手里也拿着一根小树枝，汗水浸透了她脸上的缕缕发丝。这时，小女孩儿在前面大声地喊道："妈妈，我已经救了二十六条蚯蚓了，你那边的情况怎么样？"我顿时明白了一切。一时间，我的脸上火辣辣的……

❋**说给家长**❋　与其喊破嗓子，不如做出样子——一向振振有词的我，此时却成为了语言上的巨人、行动上的矮子。

孩子的心缝补好了吗

今天读了一则小故事：

早上，企鹅妈妈发脾气，冲着小企鹅生气地大叫。结果，吓得小企鹅全身都散开飞跑了……他的脑袋飞到了宇宙里，他的肚子落入了大海里，他的翅膀掉到了热带丛林中，他的嘴巴插在了高山上。小企鹅就剩下了一双脚，跑啊跑……他想叫，但没有嘴；他想找，但没有眼睛；他想飞，但没有翅膀。跑啊跑，到了傍晚跑到了撒哈拉大沙漠，小企鹅累了。这时，一个大影子罩住了他。原来是冲他发脾气大叫的企鹅妈妈开着大船来了。妈妈已经把那些丢掉的部分给小企鹅找了回来，并把它们重新缝好连上。"对不起！"发脾气大叫的妈妈对小企鹅说。小企鹅也对妈妈说："只要改了，就还是好妈妈。"然后，企鹅妈妈和小企鹅就开船回家了。

❋**说给家长**❋　回想起来，我也曾像故事中的企鹅妈妈一样，对着儿子发脾气大叫，甚至有点歇斯底里。儿子也总会吓得默不作声，既不顶嘴也不反抗，但眼睛里却透露着委屈和倔强。当我内心的怒火全部爆发出来后，我感觉到，儿子的全身也一定是四分五裂了。我提醒自己：他毕竟还是个孩子，总要给他一个改过的机会。人非圣贤孰能无过，何必一定要置他于死地而后快呢！一想到这儿，我的情绪便会稍稍平复，并主动向儿子道歉，他也会抹着眼泪说原谅了我。

和故事里的情景一样，事情发展至此，仿佛已经过去，一切都恢复了平静。但是，让我们好好想想，孩子被撕裂的心，真的已经被缝补好了吗？真的就没有裂痕了吗？恐怕，妈妈发脾气大叫、面目狰狞的模样，已经深深烙进了孩子的心里、脑子里，再也无法抹去。

　　据专家研究，父母经常对孩子发脾气，孩子就会变得做事优柔寡断，不自信；情绪化严重，动不动就发脾气；或者是变得好乖，爱讨好别人。所以说，只有优秀的父母才能养育出优秀的孩子，能控制情绪的父母才能培育出性格健康的孩子。

让事实来教训他

一次出差学习，和我同房间住的是一位高中女老师。她叫陈相婷，我和她原来不认识。初次见面，陈老师给我的印象是：相貌平平，个子不高，皮肤又黑又粗糙，普通话也略带方言音，实在看不出有什么过人的地方，但，她人很实在，懂得谦让，知道体贴人。因为话很投机，我们很快成了好朋友。

晚上聊天时，我们无意中谈到了教育孩子的话题。我随口问她："你儿子多大了？在哪儿上学？"她说："二十四岁，毕业于北京大学数学系，今年刚参加工作，在深圳的一家公司上班……"陈老师朴实无华的表述，却让我听得瞠目结舌。

我开始穷追不舍地问，渴望从陈老师那里获得培养"北大学子"的家庭教育制胜法宝。接下来的几天里，每天晚上都是我和她彼此讲述孩子成长故事的幸福时刻。

有一回放寒假，正在读一年级的儿子拿回了语文、数学两本寒假作业。奇怪的是，儿子只写了语文寒假作业，数学寒假作业一直丝毫未动。陈老师就问他为什么不写数学作业，儿子坚定地说："老师只布置了语文寒假作业，没有布置数学寒假作业！"尽管陈老师知道完成数学寒假作业是毫无疑问的，但她没有给老师打电话去确认，也没有强迫孩子必须完成他认为不用完成的任务，陈老师决定冒着"允许儿子不完成作业而被老师狠批"的风险，和儿子赌一把。

开学第一天，陈老师送儿子上学，出发前对他说："你最好不要拿数学寒假作业，如果老师真布置了，你就告诉老师说，作业忘到家里了，下午一定带来。"儿子先是很纳闷：为什么妈妈要教我说谎呢？可后来，儿子还是十分自信地说："你放心吧，妈妈，肯定不用做，我敢保证！"

中午接儿子时，陈老师早早地就来到了教室门口，儿子一看到妈妈的身影，立刻就哭了。陈老师顿时明白了一切。她从包里拿出了事先已经准备好的空白数学寒假作业，递给了儿子，儿子一看，哭得更痛了。陈老师知道，事实替她狠狠地教训了儿子。

陈老师骑着自行车带着儿子，儿子则趴在她的背上，开始拼命地写寒假作业。中午饭也没吃，午觉也没睡，儿子一口气补完了一本寒假作业。陈老师说，从那以后，老师布置作业时，儿子再也不跑神了，而且每天回到家，包括节假日，都是先完成作业，再安排自己的其他事情。

❋说给家长❋ 陈老师没有和孩子发生正面冲突，也没有和孩子据理力争，而是选择了"尊重"和"等待"。通过这件事，孩子对自己的失误全盘接受，对妈妈的提醒心服口服，不但让孩子自己尝到了苦头，也让他切实感受了妈妈的智慧和英明。有时候，真的需要故意纵容孩子一把，然后让他付出更为惨痛的代价，受到更为深刻的教训。因为，触动灵魂的教育，才能在孩子生命的成长中留下烙印。

学会沟通

北大学子的妈妈——陈相婷老师，今晚又开讲了……

有一次，儿子写完作业，陈老师一看，虽然全做对了，但字体十分潦草，显然，他没有认真做。一气之下，她把儿子的作业本撕掉了。批评了几句后，又给儿子准备了一个新的作业本，让他重做。陈老师从儿子的房间出来，关上了房门，希望他能自我反思，端正学习态度并高质量地重新完成作业。

过了一会儿，陈老师想知道儿子的状况，就推开了儿子的房门。结果，她看到儿子正咬着嘴唇，使劲地拽着自己的手指，二十分钟过去了，可新作业本上一个字也没写。陈老师觉得不对劲，就改变了刚才的强硬态度，语气缓和了很多："儿子，我对我刚才的冲动行为表示歉意，但你能告诉我为什么没有认真地完成作业吗？是不是有什么重要的事情等着要做？"儿子的眼睛里写满了委屈，哭着说："我想早点把老师布置的作业写完，去看我喜欢的书……"

对于儿子读书，陈老师一直非常支持。但此时，读书绝不能成为不认真完成作业的借口。陈老师说："喜欢看书，妈妈支持你。但在你心智成熟之前，我希望你能先做应该做的事，再做喜欢做的事。凡事要做就做好，要不做就算了。这次作业你可以不重写，但你欠我一次惩罚，也欠你自己一次惩罚，如果下次还不能认真完成作业，就必须连同这一次的欠债去接受双重的惩罚。"

儿子点头，接受了这次谈判条件，并自此开始努力，让自己尽可能地避免因为不认真而带来的所谓"双重惩罚"。

❋说给家长❋ 对孩子严格要求，有利于孩子的健康成长。但有时候，"严格"会让孩子产生抵触情绪，对父母的教育方式不理解、不满意、不接受。而此时，父母最苍白无力的一句话就是："这都是为了你好！"不管由于什么原因，糟糕的心情，总会让孩子关闭心门，拒绝来自外界的一切说教。现实生活中，很多亲子之间的矛盾，往往是由于沟通障碍而引发的。所以，父母要懂得和孩子沟通，鼓励孩子把内心的真实想法毫无保留地表达出来，以此来拉近亲子之间心与心的距离。父母要真正走进孩子的内心世界，孩子才能对父母的教育心悦诚服。

让读书成为生命的一部分

关于读书，北大学子的妈妈——陈相婷老师，这样回忆道：

在上小学前，陈老师每次只给儿子买一本书，起初主要以拼音读物为主，后来是带有图画的书籍。儿子也坚持每周读一本（不是读一遍），并引导他思考些东西，记住些东西。这时的阅读不是以学知识为目的，主要培养他的好奇心和想象力。之所以每次只买一本，就是考虑到如果一下子给他很多，就有可能让孩子失去阅读的兴趣，或者阅读时走马观花，让孩子养成浅尝辄止的毛病。上小学时，主要以经典文学类、自然科学类为主，扩展孩子的视野，丰富孩子课堂所学。初中时，以人物传记为主，培养他的责任意识和高尚人格。高中时以文摘类、散文类为主，既可了解生活、时事，也可放松心情，还能提高写作能力。儿子喜欢读书，从诗三百到民间歌谣，从元杂剧到明清小说，从屈原到李白，从关汉卿到莎士比亚，许多历史名人走进他的视野；从《果壳里的60年》到《时间简史》，从《皇帝的新脑》到《仰望苍穹》，自然的奥秘一次次激发他对宇宙的思索……广泛涉猎书籍极大地丰富了他的业余生活。儿子喜欢探究，神奇的科学原理是激发他学习激情的不竭动力；他喜欢背诵，无论唐诗还是宋词，总能随口吟诵几句，无论中国还是外国，智慧的格言锻造着他的品格。他尝试着通背了《论语》《孟子》《道德经》《大学》等蕴含中华精粹的经典，甚至能用睿智的语言来诠释生活现象。他懂得了凝慧通达、聪敏周致、躬行坚强、保持上进；他理解何时坚持己见、何时屈己从人的处世态度；他践行大度、宽容、恭敬、诚信的为人准则。儿子的阅读习惯，让他很早就知道树立志向和目标，并持之以恒地努力。他不允许自己的学习生活在低效率中度过，不容许精神上有一丝的怠惰。

最令我佩服的是：一开始，陈老师读给儿子听，后来就让儿子自己读。为了能和儿子有更多的共同语言和话题，陈老师就把儿子读过的书全部看了一遍。儿子有问题问她，她就耐心解答，如果回答不出来，她就和儿子一起想方设法地找答案。陈老师说，要让孩子养成一个习惯：遇到问题一定要打破砂锅问到底。

✽说给家长✽　书是人类的良师益友，读书能够让孩子明理，能够让孩子丰富阅历，能够给孩子开启一个奇妙的世界。古人说：开卷有益。高尚的情操不是在现实生活中靠单纯说教来完成的，而是通过一次次与伟人的对话来升华为自己的性格，凝成了自己的血液和骨髓。所以说，智慧的妈妈一定会引导孩子爱上读书，并让读书成为孩子生命的一部分。

神圣的母亲节

北大学子的妈妈——陈相婷老师，今晚回忆起儿子为她过母亲节时的情景，仍然是满满的幸福和感动。

儿子八岁那年，陈老师领着他去旅游。景点处有很多摊点，摆满了各种工艺品。儿子走到一个小摊前，被一个漂亮的手镯吸引，问妈妈是否可以买下它，可妈妈却说："这是女孩子戴的，男孩子拿来做什么？"陈老师的回答分明带有批评之意。后来，陈老师为儿子买了一样她认为这才是地地道道男孩子的专用物品——玩具枪。

过了几天，母亲节到了。当儿子把一个小盒子递给妈妈时，妈妈惊呆了，因为，里面装着的正是那天在景点看到的手镯。在妈妈的询问下，儿子讲述了那一天他是如何从妈妈身边溜走，又是如何回到原来的摊点，用自己的零花钱买下了这只手镯的。一个手镯，几十块钱，这对于一天只有一毛钱零花钱的儿子来说，需要攒多久？但是，儿子愿意把自己全部的积蓄拿出来，换作礼物送给亲爱的妈妈。

2011 年，儿子考入了北京大学。那年母亲节，陈老师收到儿子一张精美的贺卡，上面赫然写着：汪曾祺说多年父子成兄弟，而我们是多年母子成知音。今天是母亲节，妈妈，祝您节日快乐！当时，办公室里所有的老师看到后，都哭了。只有陈老师，幸福地笑了。

陈老师说，从八岁开始，儿子就用各种方式为她庆祝母亲节。有时候是一束鲜花，有时候是一张贺卡，有时候是自己的一件手工制作……上了大学后，儿子因为表现优秀，每年都有几万元的奖学金，他就开始用自己的奖学金为妈妈买礼物。今年，儿子又别出心裁地为妈妈送上了一段怀抱吉他自弹自唱的视频。

儿子如此细心和尽心，原因只有一个，他深爱着自己的母亲。

感动之余，更多的就是羡慕了。当我问陈老师是如何保持着这份温馨而美好的亲子关系时，陈老师只说了一句话：我心里装着他，他心里就装着我。

❋**说给家长**❋ 心灵是有回声的。心与心的距离近了，才会出现心有灵犀一点通的奇迹。都说母子连心，除了血亲的缘由，更重要的就是后期对亲子关系的滋润与濡养。亲其师，信其道——这句话，如果用在亲子关系上，恐怕也很贴切吧！

爱需要表达

出差学习的几个晚上，每次给老公打电话，抢着接电话的竟然都是儿子。

"妈妈，我的作业写完了，现在正练习萨克斯呢！老师表扬我吹得好，说只要我坚持下去就可以成为乐队的主力了！你高兴吗？对了，妈妈，再告诉你一个好消息，今天我的语文听写又得了一百分！妈妈，你们今天学了什么呀？你有什么收获？有什么感受呀……"面对儿子连珠炮似的汇报和询问，我总会很认真地倾听和作答。"妈妈，你们住的是什么宾馆啊？几星级的啊？有多少平方米？洗手间和厕所是分开的吗……对了，妈妈，我让球球（儿子养的小狗）和你说说话，它可想你了……"我知道，儿子问这些问题并不是想得到什么确切的答案，而只是想故意拖延时间，和我多说说话罢了。

这时，同房间的陈相婷老师在一旁提醒我：问问孩子想要什么礼物，告诉他你什么时候回去……我心领神会，继续打电话："儿子，你想要什么礼物呀？妈妈给你带回去。""礼物嘛……妈妈，我有一个礼物要送给你，你猜是什么？告诉你吧！你最喜欢听的歌曲《听海》，我正在练习着，等你回来一定给你一个惊喜！"我没想到，儿子还没来得及告诉我他想要什么礼物，就迫不及待地要送给我礼物了。看来，礼物并不重要，重要的是妈妈心里想着他！我又告诉他："妈妈再过两天就回去了，后天下午五点到家。""真的吗？太好了，我去接你！对了，妈妈，上次你去学习，怎么比计划返回的时间推后了一天呢？当时，我的精神都快崩溃了！这次可不能再改变了啊！"

挂了电话，我心里暖暖的，也酸酸的。陈老师对我说，不管她去哪儿，都要事先告诉儿子一声。即便是外出学习，也要保证每天一个电话，让孩子听听妈妈的声音，心里会踏实一点。陈老师说，每次出差，一到晚上，儿子就会满怀期待地守在电话机旁。

陈老师打开自己的笔记本电脑，在键盘的右下角处，贴着一张小纸条，上面工整地写着电脑的具体操作步骤。陈老师说，这是儿子亲手为她写的，并用透明胶布一层层细致地粘贴上去的。其实，她早就学会操作电脑了，但她要把儿子的这份关爱永久性地张贴在每天都能看到的地方。她想让儿子知道，妈妈感谢他，妈妈离不开他，妈妈时时刻刻都在享受着这份来自儿子的满满的爱。

正说着，陈老师的手机响了，是远在深圳的儿子下班后给她打来的。也没什么当紧事，就是问问妈妈在外地学习习惯吗，天气怎么样，带的衣服够吗，现在想吃什么，要不要安排快递送过去。

❋说给家长❋ 仅停留在口头上的爱，是虚拟而肤浅的；只有用行动来表达的爱，才是刻骨铭心的。家庭教育的成功之处是：在潜移默化中，让孩子不仅能感受和接纳父母的爱，而且能把这份爱再化为阳光雨露滋润父母的心田。

夸奖要具体

吃过晚饭，儿子开始练习萨克斯。一首新曲目《爱拼才会赢》在儿子反复了很多遍之后，终于一口气吹奏成功。儿子激动而兴奋："妈妈，怎么样，我吹得怎么样？""嗯，不错！"正在忙着干家务的我，轻描淡写地应和着。儿子一下子急眼了："到底哪儿不错啊？！"一语惊醒梦中人，是啊！到底哪儿不错啊？是吹奏气息平稳，还是富有感情？是吹得熟练，还是技巧把握得好？是水平提升了，还是功夫下到了……显然，是我没有用心去听，是我没有走心评价，是我忽视了身边这个经过一番努力最终取得卓越成就的男子汉的存在了。在他看来，我的夸奖夹带着敷衍，掺杂着虚假。

眼前的这个场景，让我不由得想起了一个雷同而真实的画面：一位老奶奶带着孙子出来玩，满口都是："多能多能多能（河南话，真棒的意思）……"孩子爬上凳子，奶奶赶紧说："多能多能多能……"孩子拿着木棒乱耍，奶奶又说："多能多能多能……"对了，这位老奶奶还不忘和身边的老伙伴们聊上几句，每次聊完一个段落，扭过头来关注孙子时，不管看到孩子在干什么，老奶奶总会机械地重复同样的话："多能多能多能……"看来，这句话已经不能算作夸奖了，充其量只能是个口头禅。正所谓，泥菩萨念经有口无心啊！再看看那个孩子，面无表情，无动于衷，对这样的夸奖已经充耳不闻了。我们暂时不评论老人家的文化层次有多高，只是评价：这种方式的夸奖，到底有多大的价值和作用？

52

❋说给家长❋ 过于笼统和单一的夸奖，会让孩子感觉夸得不具体、不真实、不坦诚，有敷衍塞责之意；而过于频繁和泛滥的夸奖，会让孩子产生倦怠，夸奖的"颜值"自然就会大大降低，有时候甚至夸得孩子自己都丈二和尚摸不着头脑了。

奇妙的圣诞节

圣诞节前的某一天早晨，送儿子去上幼儿园。我告诉他："圣诞节快到了，圣诞老人会在那天晚上从烟囱里爬进来，给善良、诚实、勇敢的孩子送圣诞礼物呢！宝贝，你想要什么礼物?""我想要卡卡龙玩具、新鲜的草莓，还有绘本书……"儿子说，"妈妈，我是个善良、诚实、勇敢的孩子吗?""当然了，宝贝很棒啊！圣诞老人一定能找到我们家，也一定能找到你！""可是，他为什么不从门里进来呢?""因为圣诞老人到我们家的时候，我们都在睡觉，门是锁着的。""那他可以敲门呀！""因为他要送给我们神秘礼物，所以不能敲门，敲了门礼物就不神秘了。""可是，我们家没有烟囱啊！""呃，圣诞老人有魔法，他一定能想办法进来的。""哦。"儿子似懂非懂、似信非信地走进了幼儿园大门。

可能是心中有念想，这几天，儿子的表现出奇的好。

圣诞节的头天晚上，我告诉儿子，圣诞老人是要把礼物装进袜子里的。儿子一听，开始兴奋地翻箱倒柜，我很纳闷，抽屉里有好多袜子，随便找一双不就行了嘛！谁知道，儿子费了半天工夫，找了一双我夏天穿的长筒袜，说："妈妈，这个袜子又大又长，肯定能装很多礼物呢！"我和老公笑得肚子疼。

儿子把长筒袜很认真地悬挂在窗户锁上，然后，就带着美好的期待进入了梦乡。

我和老公悄悄地把事先为儿子准备好的礼物，用漂亮的包装纸裹好，整整齐齐地摆在了窗台上，再严严实实地拉好窗帘。一切准备就绪。

第二天一早，我轻拍儿子叫他起床。这一次，儿子既没有赖床，也没有磨蹭，一骨碌爬了起来，大冷天，光着屁股就去拉窗帘，先是一愣，随后便惊讶地大叫起来："哇，好多礼物啊！圣诞老人昨天晚上真的来了！妈妈、爸爸，圣诞老人一定是觉得我表现得很棒，对不对？"我和老公会心地点了点头。

圣诞节那天去上学，儿子的幼儿园门口站着四位老师：一袭红袍，戴着圣诞帽和手套，身着圣诞红衣，脚蹬浅棕色靴子，脸上架着一副金丝框的半月形的眼镜，还有长至腰间的大白胡子……小朋友们欢呼雀跃，冲上前去，跟圣诞老人拥抱合影。

❈**说给家长**❈　儿童的世界应该是充满奇趣和幻想的。我们要多给孩子创造一些能够带来惊喜的体验，让他们的生活更加丰富多彩，让他们的童年更加美好浪漫。我们也相信，置身这样的成长环境，孩子们也一定会被塑造成为有情趣、懂生活、富有奇思妙想、敢于异想天开的人。

为什么不想我

晚饭后和儿子去散步。

正走着，突然从我们身后传来一阵孩子撕心裂肺的哭声。我和儿子本能地停下脚步。

循声望去，只见一位妇女使劲儿推搡着身边的男孩儿，时不时地还用脚猛踹孩子的腿，嘴里骂骂咧咧说："叫你不想我！叫你不想我！一整天了，你都想不起来给我打个电话！我给你打电话，话还没说完，你就先把电话挂了！我真是白养你了！供你吃，供你穿，要啥给啥，吃啥买啥！怎么养了你这么个忘恩负义的家伙，真是个白眼狼……"

小男孩儿有六七岁的样子，面对妇女的暴力，没有任何反抗的举动，反而边哭边喊着："妈妈，谁说我不想你了！谁说我不想你了，我可想你了，我可想你了，妈妈……"我顿时明白了，他们原来是一对母子。看得出来，可怜的孩子已经被眼前这个凶神恶煞般的妈妈吓坏了。

这时，儿子轻轻地拽了拽我的衣袖，说："妈妈，那个男孩儿说的是实话吗？他真想他的妈妈了吗？我觉得未必，他是怕挨打吧！"

我和儿子的想法一样。看着眼前这个糊涂爱又糊涂恨的糊涂场面，我忍不住走了过去，拦住了那位正在气头上的妈妈，小声对她说："你这样做，孩子就想你了吗？就是想你了，是想起你对他的好，还是想起你对他又打又骂呀？"

也许是旁观者清吧，儿子此时也像个小大人一样，走到男孩儿的身边去安慰他："你的妈妈是太想你了！你的妈妈是爱你的……"

在我和儿子的劝说下，一场没有硝烟的战争终于落幕了。

看着母子俩牵手远去的背影，我心里不禁默念着："但愿孩子能忘记这一幕，但愿孩子能理解妈妈的爱子心切，但愿妈妈也能真的明白，'爱'不是因'恨'而来，'感恩'也不是因'恐惧'而生。"

❉说给家长❉ 故事中的小男孩儿，也许是过于贪玩忘记了给妈妈打电话，也许是孩子还未形成主动打电话的意识，也许是孩子身边根本就没有电话，也许是……太多的也许，为什么妈妈一口断定这就是忘恩负义，这就是不可饶恕的人性之恶呢？也许，故事中的妈妈并不懂得：爱，应该源起于内心，升华至灵魂。任何"讨"来的爱，都是不真实、不持久的。

挑 战 不 可 能

　　周六，对于儿子来说，懒散而悠闲。没有学校里的清规戒律，没有教室里浓厚的学习氛围，没有伙伴之间的激烈竞争，儿子做起作业来，显得悠然自得，一会儿喝点水，一会儿吃点东西，一会儿溜进了厕所，一会儿站起来舒活舒活筋骨，一会儿又和小狗疯耍一阵。我看在眼里，气在心里：看似挺忙活，实则在浪费时间，注意力分散，学习效率低下。如果养成这样的学习习惯和品质，麻烦可就大了！

　　我焦虑着，也思索着。忽然，我想到了前几天朋友介绍给我的一个训练注意力的好办法，我决定在儿子身上试一试。

　　我从抽屉里翻出一个小闹钟，神秘兮兮地走到儿子的书桌前，说："小伙子，我们来做个游戏吧！"儿子满脸狐疑地说："什么游戏？""这个游戏叫作'挑战不可能'，你先估算一下，要完成这张数学试卷，大概需要多长时间？"儿子看了看试卷的题量，估算着："大概需要四十分钟吧！""你敢不敢挑战在三十分钟内做完这张试卷？"儿子犹豫不决，我进一步鼓励他："如果挑战成功，我就陪你去骑自行车！""好吧，我试试！"显然，儿子底气不足，但他还是决定要挑战一下。

　　我宣布游戏规则："在游戏开始之前，我要先问你三个问题，请你思考后如实回答。1. 你要去厕所吗？"儿子说："刚才去过了，现在不去了。""2. 你要吃东西吗？""刚才吃饱了，现在不吃了。"

"3. 你有什么话要对我说吗?""没有了。""好了,小伙子,你可以开始挑战了! 闹钟计时,开始!"

秒针嘀嗒、嘀嗒、嘀嗒地走着,一点要耽搁的意思都没有。儿子的注意力此时此刻也显得非常集中:腰杆直挺,目不转睛,大脑急速旋转,钢笔飞速游移。说也奇怪,刚才的小动作,诸如咬笔帽、抠手指甲等,竟然在这个时候消失殆尽。当儿子一口气写完最后一道题时,共用了二十四分钟! 儿子看了看表,十分镇定地再次翻阅试卷,他在抢时间进行最后的检查。

丁零零……闹钟响了。儿子立刻停止答题,目光坚定,胸有成竹,双手恭恭敬敬地把这份自认为相当满意的答卷交给了我,自豪地说:"挑战成功!"

❈说给家长❈ 大人尚且还有职业倦怠的时候,更何况未成年的孩子。所以,时不时地给孩子创造一些小悬念,来点小刺激,弄点小情调,也许他们的心情会变得晴朗起来,思维会变得活跃起来,好习惯也会在不知不觉中自然形成。最好的教育,莫过于润物无声的教育,就是让孩子感觉不到这是"教育"。

妈妈的好心情

晚上九点，还在加班，累了！回家路上，几次碰到违规行驶的车辆，烦了！接了个电话，陌生人骚扰，恼了！屋漏偏逢连夜雨，此刻的心情，糟糕透了！

爬了三层楼梯，气喘吁吁。敲家里门，儿子问："谁呀？"我说："我！""你是谁呀？"我一听，火了："还能有谁呀！抓紧开门！快点！"我把门拍得咣咣响。门颤颤巍巍地开了，儿子一看到我就问："妈妈，怎么了，看着心情不太好啊！"我没搭理他，换了鞋，脱了外罩。

抬头一看，家里狼藉一片：鸡蛋皮洒落了一地，沙发上堆满了衣物，餐桌上碗筷横七竖八……不用问，一定是他（儿子）和它（小狗）的杰作！我怒吼着："你们看看，家里都成什么样了？简直就是垃圾堆！在这样的环境中生活，我们都会变成垃圾！"

狂风暴雨过后，刚才还围着我拼命摇尾巴的它，被我一脚踢开，悻悻地钻进了床底。刚才还热情洋溢地合着音乐吹奏萨克斯的他，被我突如其来的坏脾气吓得瞬间沉默。刚才还是其乐融融的家庭氛围，被我的一把无名火烧成了废墟。老公斜着眼睛看我，不知是同情，还是埋怨，但我从他的眼神里读懂了四个字：不可理喻！

我冲进卧室，横躺在床上，坏心情，臭脾气，压得我喘不过气来。

过了一会儿，我听到外面有走动的声响，还伴有哗哗的流水声和叮叮当当的碰撞声。直觉告诉我：他们开始收拾了。情绪虽平复了一些，但还是想静静。

又过了一会儿，门被推开了。儿子拉着我的手，说："妈妈，你出来看看。"我少气无力地说："有什么好看的，我累了，不想动了！""妈妈，你出来看看吧！就看一眼！"在儿子的央求下，我顺从地随他走出了卧室。

来到客厅，我眼前顿时一亮：桌子上收拾得干干净净，木头地板擦得油油亮亮，沙发上的物品摆放得整整齐齐，空气中还弥漫着清新的花香味……"怎么样？妈妈，这才是我的杰作呢！"儿子得意地说。

雨停了，心晴了。眼中的一切，都变了。

小狗球球又开始了它自创的特殊训练项目——皮球操，哈哈，真是萌萌哒！儿子用小拳头在我肩膀上敲敲打打，真是五星级享受，这可是孝顺儿子原创的按摩操哟！老公冲着我咧嘴一笑，还是什么都没说，但我从他的眼神里又读懂了四个字：理解万岁！

✲说给家长✲ 妈妈的心情就像指挥棒，每时每刻都在指挥着家庭的生活曲调。妈妈的心情好了，家庭的生活节奏就会优美动听；妈妈的心情坏了，家庭的生活节奏就会随之变调。智慧的妈妈善于控制自己的情绪，努力把坏心情、臭脾气拒之门外。尤其在孩子面前，妈妈，永远都应该是微笑、慈祥、和蔼、宽容、乐观的象征。

强势的爷爷

一位六十多岁的老大爷，领着一男一女两个大人，还有一个七八岁的男孩儿，闯进了我的办公室。一进门，老大爷就一屁股坐在了沙发上，尽管我没允许，也不知道他们是谁，找我有什么事。

"你是校长吧?"老大爷开口了。我点点头，说:"大爷，您找我有事吗?"这一问，让老大爷的话匣子彻底打开了:"我的孙子因为作业没有写完，被老师批评了!这不，今天说什么都不来上学了!我和孙子的老师见过面了，根本沟通不了!俺这儿子、儿媳啊……"老大爷说着，用手狠狠地指了指旁边的两个大人，"他俩呀，嘴笨死了，话都不会说，连个屁都蹦不出来!孩子受委屈了，挨批评了，他俩也吓孬了!这不，我硬拉着他们仨来找校长了!你说，这事该咋办吧!"老大爷两手一摊，摆出一副盛气凌人的架势。

是啊，难怪孩子的爸爸妈妈嘴这么笨呢，不是他们不想说，而是他们根本插不上话啊。眼前这一幕，让我不难猜出:爷爷就是家里的权威，是家里话语权的绝对占有者。

"俺就这一个孙子，从小没受过委屈，也没吵过他，没打过他!不就是作业没写嘛!老师至于那么大动干戈吗?现在可好，孙子说什么都不来这儿上学了，我们考虑是不是要转学……"

老大爷一个劲儿地说，越说越激动，越说越来劲。再看看身边的儿孙:儿子、儿媳，若无其事地四处乱看，好像刚才老大爷说的闹心事跟他们小两口儿没什么关系;小孙子呢，手里攥着一块橡皮，饶有兴致地捏过来、掰过去，这闹心事儿，好像也和他没什么关系。

不用开口询问，我似乎已经明白了问题的根源。

我先给了孩子一本书，让他到走廊的沙发上去看，回避这场本不该发生的争执。我又把孩子的爸爸妈妈叫到隔壁房间，因为，我很想听听孩子的父母是如何看待这件事的。

避开了自己倔强的父亲，孩子的爸爸妈妈好像找到了自我，找准了定位，还原了角色，十分坦诚地道出了心里话："校长啊，我们一直都觉得孩子从小太娇惯了，有什么要求，我们都会满足他！他爷爷更护犊子，我们夫妻啥时候管孩子，爷爷都会拿出我们小时候犯的错误为孩子开脱，弄得我们都很被动，也很尴尬。这次老师批评孩子，我们觉得批评得很对，该好好教育教育他了。我们平时和父亲住在一起，轮不上我们来管孩子，我们就指望着学校老师教育孩子呢！孩子的爷爷很强势，我们也都不敢说什么。但我们考虑过了，如果转了学，孩子的毛病不但改不了，反而更加放肆了。今后，只要老师一批评，孩子就闹着要转学，那就真的无可救药了！"

我庆幸，好在孩子的爸爸妈妈脑子还算清醒。

我理了理思路：孩子的问题，还在萌芽状态，由他爸爸妈妈来解决；爷爷的问题，根深蒂固，我来尝试解决。

❋说给家长❋ 懒父母，培养出勤快孩子；勤快父母，养育出懒孩子。这句话，从某种意义上来说，还是很有道理的。孩子也像弹簧，你强他就弱，你弱他就强。有时候，不是孩子不行，而是强势的父母剥夺了孩子锻炼和成长的机会，让孩子的发育越来越畸形，孩子就真的越来越"无能"了。另外，建议孩子还是由父母亲自教育，因为，隔代亲往往让"爱"没有了原则，让"管"没有了规矩。父母教育孩子，能够实现双赢——既教育了孩子，也成长了父母自己。

诚信是金

晚饭后，儿子准备做作业。他一边从书包里往外拿书本，一边满怀期待地对我说："妈妈，做完作业可以陪我出去散散步吗？"我使劲儿点点头。

突然，手机响了，一个紧急重任毫无商量地压在了我的肩上。没有犹豫，没有迟疑，我立刻打开电脑，全身心地投入到这项临时性的工作中。周围的一切，也像瞬间凝固了一样，顿时悄无声息。

"妈妈，作业搞定了！出发咯！"

儿子这么兴奋的一喊，一下子打断了我的工作思路。我略带烦躁情绪。可是，转念一想，刚才明明答应儿子做完作业要陪他去散步的。可是，手头的工作很紧急，明天一早必须交稿，这可怎么办啊？干脆，给儿子解释一下吧，他一定会理解并原谅我的。可如果那样，儿子一定会非常失望，一定会觉得计划赶不上变化，一定会觉得承诺是可以随时取消的……越想越觉得后果严重、得不偿失。还是信守承诺吧，给孩子做出个样子。

我理了理思绪，故作轻松地说："走咯，散步去咯！"

其实，我已经打算熬夜工作了。庆幸的是，我内心里复杂的思想斗争，儿子一点都没有觉察到。我为自己有效地控制了情绪点了个赞。

我和儿子幸福而惬意地走在小区广场。

"儿子，给你讲个故事吧！"

"太好了，妈妈，什么故事呀？快讲快讲。"

"曾子的夫人到集市上去赶集，他的儿子哭着闹着也要跟着去。他的母亲对他说：'你先回家待着，待会儿我回来杀猪给你吃。'她刚从集市上回来，就看见曾子要捉小猪去杀。她就劝止说：'我只不过是跟孩子开玩笑罢了。'曾子说：'这可不能开玩笑啊！小孩子没有思考和判断能力，要向父母亲学习，听从父母亲给予的正确教导。现在你欺骗他，这就是教孩子骗人啊！母亲欺骗儿子，儿子就不再相信自己的母亲了，这不是正确教育孩子的方法啊。'于是把猪杀了，煮后吃了。"

"妈妈，这是一个诚信故事啊！我挺佩服曾子的，说话算数，说到做到，不欺骗孩子。我们老师也说过，诚信是金。"

我和儿子正聊得起劲儿，一时间，被前方一老一小两个身影转移了注意力。一位老人抱着一个两三岁的孩子，孩子用稚嫩的小手拍打着老人的脸，啪啪作响，大声地喊着："我要小猫，小猫，小猫！"老人马上应和着："我们去买小猫，买小猫！"孩子继续拍着老人的脸，又喊道："我要小鱼，小鱼，小鱼……"老人快走几步，嘴里念叨着："我们去买小鱼，买小鱼！""我要小鸡，小鸡，小鸡……""好好好，我们去买小鸡，买小鸡！"老人和孩子就这样，一直进行着拉锯式的对话。

最终，老人抱着孩子拐进了一个单元的楼洞。我知道，孩子要的小猫、小鱼、小鸡一定没有得到，老人家也一定没有兑现自己的"诺言"。

这时，儿子笑着对我说："妈妈，那位奶奶说话太随便了吧！答应了一路也没给孩子兑现一样！呵呵，闹着玩呢！"

我无语。

❈**说给家长**❈　《狼来了》的故事，想必家长们不止一次说给孩子听过。言必信，行必果，这也是我们常给孩子讲的道理。我们都希望孩子能成为一个讲诚信、守承诺的人。可如果我们自己嘴上说的是一套，行动中践行的却是另一套，那么，可怜的孩子一定会陷入矛盾、困惑、纠结的僵局。这种言行不统一的虚伪与欺骗，让我们在孩子面前又情何以堪？

不要把父母的焦虑转嫁给孩子

　　莫非真有所谓的"周一综合征"？要不然，怎么会一到周日晚上，我就莫名地紧张和焦虑呢？

　　事情真多，总也忙不完。我迅速收拾着碗筷，叮叮当当的声音，掺杂着焦急和烦躁。看到儿子坐在沙发上悠闲地看书，我立刻就火了："儿子，快去把桌子上的垃圾收拾了！再给垃圾桶套上垃圾袋！你就不能帮妈妈干点活吗？快一点，还有好多事要做呢！"

　　儿子十分麻利地照着做了。之后，他又坐回了心爱的沙发，捧起了心爱的书籍。

　　一想到儿子好几天都不洗澡了，我扯着嗓子喊："儿子，抓紧去洗澡，都上五年级了，怎么卫生习惯还没养成！洗个澡也要妈妈一遍一遍催吗？"

　　儿子开始放水，哗哗地冲洗着。

　　我突然想到明天升国旗还要穿校服："儿子，抓紧去把校服放到洗衣机里，洗好再抓紧晾出来，明天还要穿呢！"

　　儿子晾好衣服，长舒一口气，如释重负地走向他温暖而惬意的沙发。可屁股还没落座，就又被我的命令拉了回来。

　　儿子开始烦躁，并出现随时想要爆发的征兆。

　　谁料，孩子他爸也不甘示弱："书包整理了吗？作业检查了吗？抓紧把卷子拿过来，让我看看！不认真做作业，小心明天挨批！"

　　老公在屋里转了一圈："儿子，你的水杯忘到学校里了吧？天这么冷，不知道带杯热水去上学吗？"

老公在屋里又转了一圈："小狗怎么把洗好的袜子拽出来玩了？抓紧把袜子捡起来放到抽屉里！再这样下去，我就把小狗送人了！"

这哪里是夫妻二重唱啊，这分明是男女混合双打的节奏啊！

在沙发上看书的儿子，再也抵挡不住这来势汹汹的浩劫，干脆把书彻底扔到了一边，"腾"地从沙发上跳起来，大吼一声："我想安安静静地看会儿书都不行吗？"

扰乱孩子看书？怎么可能？这不是我的本意啊！可是，孩子的坏情绪到底从哪儿来？

❋说给家长❋　坏情绪就像传染源，一旦接触，就会被感染。父母的焦虑，会让孩子产生压力，重压之下，孩子就会焦虑、反感和对抗。于是，亲子之间悲剧频发，感情破裂，两败俱伤。所以，父母一旦出现焦虑情绪，要静心分析焦虑产生的原因，并进行有效控制，千万不要动辄把焦虑转嫁给孩子，因为孩子伤不起。

列车上的邂逅

去往北京的高铁上。

我的座位恰好在车厢门口，隔开车厢的是一个自动门，乘客不停地进进出出，自动门也不停地开开关关。

一个两岁的小男孩儿，在列车过道上来回踱着步子，对周围的新鲜事物充满了好奇。忽闪忽闪的大眼睛，犹如一个摄像机，如饥似渴地捕捉着陌生环境中的点滴新奇。

小男孩儿从我身边走过，游移的目光最后定格在我的脸上，可能是我天生面善吧。小男孩儿试探性地问我："阿姨，这个门坏了？""哦，真的吗？刚才还好好的呢!"我扭头看了看，自动门果然一直保持着敞开的状态。再看看小男孩儿，炯炯有神的大眼睛里流露着疑问和期待。尽管小男孩儿只有两岁，但我还是十分认真地告诉他："嗯，看来，门真的坏了。没关系，列车员叔叔会修好的。"

就这样，一来二去，我和小男孩儿很快就熟识了。我们越聊越起劲儿，越说越投机。为了表达我的诚意，我顺手从提包里拿出一个卡通钥匙链，递给了他。小男孩儿本能地接了过去。可他只是把钥匙链在自己眼前晃了一下，就又迅速地将其塞回到我手中。也许是突然想起了爸爸妈妈的教导：不随便拿陌生人的东西。呵呵，小男孩儿还是有戒备心理的。

看着孩子犹豫不决，猜想他心里一定正进行着激烈的斗争。我对他笑了笑，并替他找了一个理由："我们已经成为好朋友了，这是

68

我送给你的小礼物哦!"小男孩儿也笑了，愉快地接受了礼物，蹦跳着跑回他的座位。

不一会儿，小男孩儿再次高兴地来到我身边。这一次，他手里攥着一块糖。小男孩儿看了我一眼，便开始用心地剥着糖纸，更让我没想到的是，他竟然把糖送到了我的嘴边。我既感动又欣喜，尽管小男孩儿流着鼻涕，尽管他的小手看起来脏兮兮的，但我还是满含热泪地把糖吃了下去。这哪里是一块糖？这分明是孩子对我的信任与爱啊！那一刻，我好感动，好幸福……

出站时，我与小男孩儿再次邂逅，拥挤的人群中，他竟然一眼就认出了我，并朝我用力地挥手。看着小男孩儿背着书包，拉着爸爸妈妈的手，消失在涌动的人潮中，我的鼻子不禁又一酸。也许只有我心里知道，刚刚在通往北京的G68列车的11车厢里，上演了一个好有爱的故事。

❋说给家长❋　儿童的心灵是纯洁而真实的。我能赢得一个两岁孩子的信任，主要有两个原因：一是在孩子向我发出呼应时，我及时进行了回应，这让孩子觉得我很关注他，很把他当回事儿。二是我平等而友好地对待了他，让他感受到了我的诚意和善意。孩子年龄虽小，但也同样渴望友善。将心比心，以心换心，我们对孩子的尊重，一定能赢得孩子对我们的信任。

学习无用

来北京参加名师班学习。

听了一天专家授课，感触颇深。行至住处，迫不及待记录下当天的培训感悟，生怕遗漏了什么。

任凭手指在键盘上疯狂敲击，任凭周围一切屏住了呼吸。

突然，电话铃声响起，思路被打断，不悦！接通电话后，乐了！原来是家里"小暖男"的爱心打扰："妈妈，今天你们学了什么呀？有什么感受啊？给我讲讲吧！"这里需要特别说明一下：我每次出差，都是白天向专家学习，晚上给儿子汇报。与其说是汇报，倒不说是儿子换了一种方式想我。

"今天下午，我们参观了北京二十一世纪国际学校。我们现场观摩了一节小学四年级的英语课，整堂课师生用全英交流，生动而活泼，自然而流畅。俗话说：内行看门道，外行看热闹！我们这个名师班呀，除了英语老师，大部分老师都听不懂，包括我在内！"本觉得是一个轻松而无意的笑话，岂料儿子却一本正经起来："妈妈，您不是说小时候英语学得很好吗？"我一听，立刻抓住机会炫耀一下："那当然了！我上初中和高中时，英语都是班里前三名，我还是英语课代表，经常受到英语老师的表扬，是英语老师的得意门生！"如此完美的回答，却让儿子更加困惑："成绩那么好，怎么连小学四年级的英语课都听不懂呢？""呃——"我极力地为自己辩解，"那是因为上大学时选择了生物专业，不开设英语课了。后来参加工作，日常生活中也没有使用英语的机会。所以，上学时学的英语知识都忘完了，才出现今天课堂上'听不懂'的尴尬。"自认为回答得无懈可击，谁料儿子却不留情面地发问："妈妈，您上学时下了那么大功夫，学得又那么好，可最后还是忘得干干净净，我怎么觉得您当初学的东西一点用都没有啊！"

一时间，我好像思维断电，无话可说了。

当前，学校教育中确实存在着这样的现象：老师、家长唯分数是从，繁重的作业，重复的练习，反复的考试……无时无刻不在消磨着孩子们的快乐和健康。就连成绩数一数二的优等生，也常常表现出对学习的无奈与反感，显然优异的成绩并不是兴趣的产物。这种榨汁机般的教育机制，让孩子们付出了难以想象的时间与汗水，承受着巨大的压力和重负。奇怪的是，一旦走上工作岗位，我们在学生时代拼命学来的知识却由于各种原因被闲置起来，并最终从大脑中删除。所以，很多人开始形成"学习无用"的错误认识。身为教育工作者理应认真反思，针对教育中存在的问题探寻科学有效的措施与方法，大胆改革，发展优化。可让我恐慌的是，"学习无用"的观点，如此早地侵蚀了儿子的头脑。这样的观念一旦形成，势必会影响孩子的学习内动力和意志力。

反复思考后，我这样答复了他："儿子，学习不但是有用的，而且是你生存下去的必经之路。学习能让你增长见识，成为一个有独立思考能力的人，也能让你懂得很多道理，在面对困难时不再茫然和困惑。学校里开设语文、数学、英语、美术、音乐、体育、物理、化学、生物等多个学科，也是为了让你认识世界，认识自然，认识社会，认识人类。换句话说，祖国想把你培养成会生存、会合作、会思考、会交往、会学习、会劳动的全面发展的合格公民。等你长大了，就可以根据自己在这些科目的学习中所表现出的兴趣与特长，有针对性地进行选择和发展，并最终成为对社会、对祖国有用的人才……"

❋说给家长❋　在孩子人生观、世界观、价值观尚未形成时，已经有了自己的观察和思考，也可能会产生一些不正确的观点和认识，父母要适时加以引导，帮助他们做正确的事，正确地做事。

儿子想我了

学习，永无止境。为了实现自己的教育梦想，践行对教育事业的忠诚与担当，我选择了学习，学习，再学习；提升，提升，再提升。

浙江师范大学的中原名师培训班，井冈山教育学院的拔尖人才培训班，北京教育学院的名师研修班，东北师大的国培班……每次外出学习，都是对头脑的震撼，对心灵的洗礼。每次都会有自我提升的畅快与激动，每次也都让我觉得离梦想更近了一步。陪伴我外出学习的，不但有学校领导和老师们"把新的教育理念和眼界带回来"的嘱托，也有学生们"捎来新鲜有趣的教育故事和教育方法"的期盼，既有家人"学完就赶紧回来"的叮嘱，更有儿子"妈妈我想你"的缠绵。

纵然有千万个不舍，我还是选择了远行。每天的学习充电，让我精神饱满，动力十足；对家里那个"小暖男"的惦念，更如一股强大的电流，让我激情高涨，信心倍增。

今天，我带着满满的收获，风尘仆仆地归来。一路上，"小暖男"询问的电话响个不停："妈妈，走到哪儿了？""妈妈，到车站了吗？""妈妈，到濮阳了吗？""妈妈，到家了吗？"车到小区大门口，儿子早早地就在那里等着了。一下车，迎接我的是儿子动情的拥抱，坚强的小男子汉，此刻已是泪流满面。小小的个头，瘦弱的身体，却拎着大包小包，拖着大箱小箱，弓着腰，驼着背，累得吭哧吭哧，嘴里还不停念叨着："妈妈，这点重量算什么？小菜一碟！"

爬楼梯时，"小暖男"让我在楼下等着，他先拿了钥匙开门，把行李送上去，再返回来接我。本想背起我，可他那小身板儿实在无力支撑我的重量，只好拉着我的胳膊，用力地向上拖拽。看着他憋得通红的脸，我偷偷地笑着，心里美美地乐着。

回到家，"小暖男"为我拿来拖鞋，帮我整理行李箱，替我把换下的衣服塞进洗衣机，再给我泡上浓香宜人的咖啡……每一个动作，都浸透着儿子的小心思："妈妈，我想你！"

晚上，我打开阳台上书房的灯，和往常一样，坐在电脑前敲文字，儿子呢，静静地坐在床边看书。怎知儿子突然抽泣起来，哽咽着对我说："妈妈，你走这几天，每天晚上我都特别想你。当我想你时，就马上打开阳台书房的灯，灯亮了，就好像看到你坐在电脑前噼噼啪啪敲键盘的身影，觉得你就陪在我的身边，我才睡得踏实。"听了这番话，我的眼圈红了，告诉儿子，我也一样很想他。

❋说给家长❋　在孩子心目当中，父母是他最信任、最有力的依靠。平时的唠叨和管教，可能会让孩子恐惧和反感，可一旦失去，这些又都成为孩子朝思暮想的父（母）爱的载体。所以，不要觉得孩子小就忽视了他们的情感和对爱的需求。父（母）爱的缺失，会让孩子患上"父（母）爱饥渴症"，让孩子的世界变得黯然失色，凄冷可怜。所以，对孩子多一点关爱、多一点陪伴吧！即使不在孩子身边，也要让他们感受到父母熟悉而温暖的气息。

父亲的爱不张扬

　　自从家里养了球球（一只小泰迪狗），我们家就正式宣布新增一名成员。我和儿子如愿以偿，自然很高兴。因为，是儿子提议要养狗，并挖空心思地最终以奖品的形式，获得了对球球的抚养权。而我呢，则是一个地地道道的宠物爱好者，从小到大，先后与六只爱犬朝夕相伴，绝对拥有来自一线的经验与体验。唯独老公，对养狗这档子事举双手反对。

　　几乎每天都能听到老公的抱怨："球球把整卷儿卫生纸都咬碎了！球球跳上餐桌把盘子里的剩菜吃了个精光！球球从垃圾桶里往外倒腾垃圾，弄得满地都是！球球把骨头衔到沙发上吃……我已经忍无可忍了！"听着老公歇斯底里的吼声，我和儿子决定要咬紧牙关，手挽手，全力捍卫球球的"尊严"，发誓要和老公打一场持久的保卫战！我和儿子的作战口号是：保护球球，人人有责！

　　从那时起，老公的形象似乎与"不爱护动物，不尊重生命"有着某种必然的联系。我和儿子则担任着监督的角色，时刻关注着家里这个大男人的行踪，唯恐球球受到半点的伤害和委屈。

　　可是，接下来发生的事情，却让我和儿子改变了对这个大男人的评价……

　　天冷了，我和儿子抵挡不住寒冷来袭，急忙从柜子里拿出了厚厚的棉被，又铺上了电热毯，美美地享受着冬日里的温暖，而老公却悄悄地从网上给球球订购了一个毛茸茸的狗窝，让球球也拥有了温暖舒适的小房子；一到晚上，我和儿子就显得没心没肺，因为我俩沾枕头就能睡着，而且睡得又香又沉，老公则十分操心地夜里起来关窗户，给球球盖被子；我和儿子总会及时地向球球的饭碗里添加狗粮，生怕饿着它，而老公则更加细心，为了让球球营养更均衡，口味更丰富，很用心地从网上选购了两种狗粮，让球球替换着吃；忙活了一整天，回到家，我和儿子都喊累，躺在床上懒得动，而老公却说，球球一天都没出去了，一定憋得慌，于是，他便默不作声地牵着它去散心，去撒欢……

老公的形象，在时间和实践的检验中，越发变得高大而有"爱"了。

❋说给家长❋　与其喊破嗓子，不如做出样子。爱的表达不是轰轰烈烈的口号，而是实实在在的行动，不是瞬间爆发的冲动，而是润物无声的感动。母亲的爱，像绵绵春雨，温柔而细腻；父亲的爱，像陈年老酒，深沉而久远。

妈妈是个麻将迷

吃完午饭，儿子的同学浩浩打来电话，说要来我家玩。周末了，和同学小聚，也是件很惬意的事儿。

"杜文正，杜文正……"浩浩来的速度超快，喊的声音超响。儿子也兴奋地隔着窗户往外看，并大声应和着。我顺口说了一句："儿子，给浩浩的妈妈打个招呼，让她也上来吧！""他妈妈没来啊！我看不到她！""怎么会，他家离咱这儿有两公里远，难不成浩浩是自己飞过来的？"说时迟那时快，我和儿子话音没落，浩浩就已经"砰砰砰"地使劲儿敲门了。

从儿子口中，我得知浩浩的爸爸在外地工作，家里只有妈妈和浩浩两个人。浩浩学习成绩很一般，生活和学习习惯有点随意，经常被老师批评，浩浩的妈妈也经常被老师传唤过去接受再教育。因为浩浩和我儿子关系很好，用他俩的话说，是名副其实的铁哥们儿，所以，我也很想认识一下儿子同盟的妈妈，也借机与她聊聊这俩孩儿。

打开门，我的第一句话就是："你妈妈呢？"浩浩却满不在乎地说："走了！打麻将去了！把我扔到小区门口就没影儿了！"

我忍不住笑出了声：呵呵，好一个麻将迷！可是，当我看到浩浩无奈而坦然的样子，心情突然又变得复杂起来。

可能是自己多想了，谁没有一个兴趣爱好啊！

刚回过神儿，就发现，这个不大不小的空间早已是两个逆天孩子的疯狂世界了！看电影，玩电脑，吃零食，逗小狗，捉迷藏，上蹿下跳，飞檐走壁，凡是能想到的玩法都玩遍了，凡是没想到的玩法也都边开发着边玩了。

与其这样或那样禁止，倒不如放开手脚，随他们去吧。

不知不觉，已是晚上六点半，肚子开始咕噜响了。没太在意浩浩的妈妈为什么一直不打电话，我只是想让两个孩子玩得更尽兴。这时，儿子提议：我们去吃西餐吧！

OK！这很符合他们这个年龄的饮食爱好，流行而时尚，好吃而高热量！一顿饱餐后，已是晚上九点多了。我和老公开始纳闷：浩浩的妈妈真的很忙吗？就是加班，也不至于把孩子送到别人家就不管不问了吧？打个电话也算呀。可我们又不能主动给浩浩的妈妈打电话，好像要撵走孩子似的。

犹豫之中，又一个小时过去了，一看表，十点了！我和老公再也熬不下去了，开始拨打浩浩妈妈的电话，可是，打了 N 遍，都无人接听。我们开始担心了，不会出什么事吧？

我们一家三口开着车，着急慌忙地把浩浩送回家。来到他家楼下，家里灭着灯，我们又是一阵担心。

再看身边的浩浩，跟个没事儿人似的，不慌不忙地说："我知道她在哪儿，你们先回去吧！"尽管孩子执意让我们离开，但我们还是出于关心，跟着他来到了一个小区里的麻将馆。

推开门，里边的嘈杂声此起彼伏。浩浩走到一位中年妇女的跟前，拉了拉她的衣袖，这才引起女人的注意，可她什么都没说，用简单的眼神告诉浩浩坐一边去，又全神贯注地投入到垒长城的巨大工程中。我们一家三口超有"爱"的伟大身影，她竟然没有丝毫察觉。

浩浩十分平静地示意我们回去。再后来，我们就只看到浩浩蹲在麻将馆的小角落里，孤独地玩着手机了。

❋说给家长❋ 对于孩子来说，妈妈的"关注"千金难买，妈妈的"陪伴"价值连城。漠不关心、置之不理，是父母对孩子最残忍的伤害和折磨。

78

父母亲手种下的恶果

今天，听说这样一件事儿，现在想起来还有点后怕。

北京的地铁站，一位长相甜美、打扮时尚的女生正在等候地铁，手里拿着一袋鸡排，自顾自吃着。旁边站着一对母子，孩子六七岁的样子。小男孩儿看到了吃鸡排的女生，指着那位女生跟他妈妈说："妈妈，我要吃鸡排！"母亲看了一眼，半开玩笑地说："你去跟姐姐说，让姐姐给你吃。"小男孩儿侧头对女生说："我要吃鸡排。"与其说是请求，更像是命令。女生看了小男孩儿一眼，没有吭声。小孩的妈妈有点尴尬，但又无可奈何，嘴里嘀咕了一句："什么人啊，打扮得跟小姐一样。"

当你听到他妈妈这句话的时候，就已经想象得到孩子的教养好不到哪里去，可后面却有更为恐怖的事情。

小孩儿停止了吵闹。之后，地铁进站了，就快到站的时候，那小男孩儿突然挣脱他妈妈的手，跑到女生背后，用力向前推了女生一把，女孩儿尖叫一声，眼看就要被推下站台（北京有些地铁站是没有屏蔽门的），幸好旁边有人反应及时，一把拉住女孩儿。几秒之后，地铁呼啸而过。而那位妈妈的第一反应就是，抓住小男孩儿的手，挤进地铁，赶紧隐藏在人群里。如果没有那位好心人的及时反应，毁灭的将会是两个家庭的幸福。

其实，当那位妈妈选择挤进地铁，逃避责任的时候，已经放弃了最后教育与反省的机会，对孩子而言，无异于给他安放了一颗定时炸弹。

　　无独有偶，下面这件事是我亲眼所见：

　　一位妈妈接孩子时，看到自己的儿子被同学踢了一脚，尽管当时只是男孩子之间的打闹玩耍，儿子也毫发未损，依然高高兴兴地跑到妈妈身边。可这位妈妈却像发了疯似的，一把抓住儿子的红领巾，大吼道："你怎么那么笨！被别人欺负了，还乐得屁颠屁颠的！快去！狠狠地踢那个家伙一脚！踢伤了，我给他拿医疗费！快去！快去！快去！"

　　儿子无所适从，站在原地一动不动。显然，儿子根本没把刚才的打闹当成一回事，根本没有觉得自己是被欺负或者被伤害了。

　　可是，妈妈却不依不饶："你不去是吧？好，你今天不去，就不是我儿子！你就是个孬种！"说着，这个妈妈就朝刚才踢儿子的那个同学大骂了几句。还不解恨！她又转过身来，狠狠地踢了儿子一脚，儿子一屁股蹲坐在地上，泪水顺着脸颊流淌着。一时间，引来了众多家长和学生的围观。显然，这一脚是真的踢疼了孩子，也踢伤了孩子。因为，这一脚不但踢伤了孩子的"身"，也踢伤了孩子的"心"，不但踢伤了孩子的宽容与善良，更踢伤了孩子的自爱与自尊。

　　❋说给家长❋　　孩子刚出生时，就像一张白纸，上面究竟能画出什么样的图案，取决于周围环境的塑造。父母是孩子的第一任老师，父母的一言一行，都会被孩子这台"录音机""录像机"真实地记录下来，再以"打印机""复印机"的形式原封不动地传输出去。很多孩子内心虚荣、丑恶、憎恨、报复的种子都是父母亲自种下的，一旦时机成熟，就会结出恶果和苦果，毒害孩子的一生。对于父母来说，再苦的果子，哭着，也要吃下去。

催 催 催

记忆当中，一直都是我在催促儿子：

"儿子，快点起床，再不起床就迟到了，小心挨批！""拜托，穿衣服麻利一点好吗？""儿子，怎么吃个饭也磨磨蹭蹭的，不能大口大口地吃吗？""怎么又找不到红领巾了，时间都浪费在找东西上了！""儿子啊！浪费自己的时间，等于慢性自杀；浪费别人的时间，等于谋财害命啊！"

儿子看着我在他面前急得又蹦又跳，斜着眼睛，泰然自若："真是皇上不急，太监急！"

气愤至极，我的牙咬得"咯吱咯吱"响，嘟囔了一句："这熊孩子！"

冷静下来，我开始分析儿子"熊"的原因：第一，我催促他，实则是我在焦虑，儿子司空见惯，习以为常，无动于衷；第二，儿子心里已经有数了，我的催促根本改变不了他，反而让他更为反感和对抗，干脆来个"越催越慢，再催熄火！"第三，儿子一直处于"被动"状态，只要不是"主动"而为，就说明此事没有触及他的灵魂。

心动之后，就是行动。有一天，情况真的就来了个大逆转：

"妈妈，你就不能早起十分钟吗？""妈妈，你就别化妆了，马上就迟到了！""妈妈，别试衣服了，快点走吧！""妈妈，别照镜子了，赶紧出发吧！""妈妈，拜托！拜托！拜托！别磨蹭了！""妈妈，别让我在众目睽睽之下溜进教室好吗?""妈妈，咱就快一点，别让班长扣我的分好吗?"

看着儿子在我面前急得又跳又蹦，我心中不禁暗自窃喜:你不起床? 好吧，我也不起床! 你磨蹭? 好吧，我比你更磨蹭! 你不着急? 好吧，我比你更淡定! 这种教训叫作"以其人之道还治其人之身"!

❋**说给家长**❋　有时候，说教来得不痛不痒，时间久了，次数多了，说教就成为无效信息，成为孩子的耳旁风。有时候，就得想办法让孩子尝到一次苦头，彻底触动他，引起他足够的重视和警觉，只有这样，孩子才长记性，才会思考，才能改变。

儿子的焦虑

临时决定，要去山东大学看小侄子。

因提前没告知儿子，他没有做任何准备，包括提前赶作业。欠考虑的他，满脑子只剩下兴奋和激动了。当然，这也是他一贯的作风，不足为奇。

周六一大早，我们就出发了。三个小时的车程，欢歌笑语，轻松自在。儿子更是玩法层出不穷：报菜名、过七游戏、歌曲联唱……丝毫没有旅途的疲惫。

见到哥哥，儿子的情感异常丰富。先是眼含热泪，接着便是合不拢嘴了，再后来，就是酣畅淋漓地游玩了。

周六，逛芙蓉街，品特色小吃，夜宿济南；周日，赏趵突泉，游大明湖，下午返程。

看似完美的周末两日游，我却觉察到了儿子少有的情绪变化：焦虑。

其实，周六晚上，儿子就开始惦记着作业的事儿了。我告诉他，既然千里迢迢地来了，就不留什么遗憾地回去。本来就被高兴冲昏头脑的儿子，在我的"故意"劝说下，答应得很爽快，"难得"的焦虑感也瞬间消失殆尽。

周日吃完中午饭，儿子开始有点不安，试探性询问：我们是否可以马上返回？我告诉他，哥哥的大学还没好好看看呢，下午接着"游"！儿子无语。在山东大学图书馆前的合影中，我分明看到儿子那张紧锁眉头却又分外"可爱"的小脸儿。

下午五点，开始返程。儿子有点忐忑："晚上几点能到家啊?"

来时的轻松愉悦，此时全然不见了踪影，取而代之的，是一阵阵的焦虑来袭。"晚上八点能到家吗? 七点至八点之间是否有可能到家呢?"

屋漏偏逢连夜雨。黑漆漆的夜幕中，又罩上了蒙蒙细雨。地面湿滑，雾气缭绕，严重影响了行车速度。儿子急眼了："这是什么鬼天气啊! 看来，我要熬到夜里十二点了! 这一次，不是老师要罚我，而是老天爷要罚我啊!"

人都说，当娘的心太软。我差点就给儿子的老师打电话，为他求情，寻找一个比较正当的不写作业的理由。可转念一想：尝到第一次不完成作业的"甜头"，他就会努力争取第二次、第三次……也许，这就是儿子找理由、寻借口的开始。想到这儿，我还是狠下心来，把脸一横，决定给儿子点"颜色"看看。

车至楼下，儿子飞奔一样直冲家门。看到久违的作业本，像饥饿的乞丐扑到面包上，拼命狂写。那一刻，我明白了，什么叫效率!

十一点半，儿子终于完成了作业的最后一个字。如释重负的他，长舒一口气，瘫坐在椅子上，意味深长地对我说："妈妈，下次有什么计划，提前告诉我，好吗? 我伤不起了!"

我抿着嘴笑了，突然发现儿子此时的小脸儿，比照片中更显"可爱"了。

❋说给家长❋ 有时候，父母的慈悲会成为孩子不讲原则的开端，而父母的狠心恰恰让孩子拥有了渡过难关的勇气和决心。

好好爱我们的孩子

今年，侄子带着全家人的期盼考入山东大学。

山东大学是国家"211 工程""985 工程"重点建设高校。侄子能顺利入围，是全家人的骄傲。

离家两个多月了，我们都很想他，三哥三嫂更不必说。周末，我们准备自己驾车前往济南，探望这个第一次远离家乡的侄子。车的后备厢被大大小小的箱包挤满，每一个包裹，都是三哥三嫂体贴入微的关心与思念。

几个小时的颠簸，我们的车终于驶入山东大学。来不及欣赏校园的美景，车子就着急地直达学生公寓楼。侄子早早地就在宿舍阳台上眺望了，看到我们的车子，赶忙下了楼。

一见面，三嫂就大惊小怪起来，酸溜溜地说："儿啊！穿得不冷吧？看着脸都冻紫了……这是我给你送的厚衣服。"侄子憨憨厚厚地应和着："呵呵，不冷，穿着棉袄呢！"是啊，棉袄都穿上了，还能怎样去保暖呢？也许，此时寒暄的内容已经不那么重要了。此刻，看似再平常不过的一问一答，就是对"想念"最完美的解读了。一向不善言谈的三哥，也破天荒地开了尊口："嗯，头发长了，胡子也长了，看着没精神了！"侄子挠挠头，不好意思地回了一句："呵呵，这不就是等你们来了，陪我一起去理发嘛！"

侄子的宿舍里住着三个大学生，分别来自广州、山东、河南。经过两个多月的磨合，跨省界的三个孩子之间，交流已不是问题。

三个上下铺，上层是床铺，下层是书桌，旁边还有分格的衣柜和储物箱。每个书桌上，都放置了笔记本电脑。空调、暖气、阳台，应有尽有。条件还算不错。

可是，就这么个不大的空间，虽谈不上是狼藉一片，可也算得上是乱七八糟。仨人被子都没叠，桌子上散乱地摆放着各种杂物，零食的包装袋随处可见，几双鞋子散落一地，估计难以成功配对，空气中弥漫着臭脚丫子的味道……男人，不对，是男生，再确切一点说，是刚离开家、生活还不能完全"自理"的男生的宿舍，可能，就该是这个样子。

三哥三嫂一进宿舍，也许是条件反射，也许是惯性使然，侄子随口一句：打印机好像出问题了。这句话，就立刻像圣旨一样，指挥着三哥十分熟练地修理起来，那个认真劲儿，绝不是普通工的水平，简直就是高级工的水准嘛！呵呵，其实三哥并不专业，也不是维修的本行，但满满的"爱"，足以克服一切技术难题，扫清所有操作障碍。

三嫂呢，也许是女人的本能，只见她忙忙活活地拆开了大包小包的衣物和零食，如数家珍般地为侄子耐心介绍着件件"宝贝"。三嫂很用心，为侄子准备的毛绒保暖床单，她准备了三条，分别绣上了同室三个孩子的名字。就连薯条、牛肉干、巧克力等零食也都各准备了三份。不难猜出三嫂的用意：在家靠父母，在外靠朋友。出门在外，朋友多了，路好走。室友团结友好，关系融洽，有利于集体学习和生活。毕竟还是些孩子，吃饱穿暖了，就不想家了，才能安心学习。

在宿舍忙了近一个小时，却不见三哥三嫂有一丝疲惫之意。修打印机、测试电脑、叠衣服、修理阳台门锁……三哥三嫂做事的那个速度啊，怎一个"快"字了得！当然，我们完全能够理解，在探望的有限时间内，哪个父母不想尽可能地多为孩子做一些事情呢？

可怜天下父母心。尽管所有的父母都懂得，养孩子，是为了让他们拥有独立生活的能力，然后幸福地离开我们。可是，看着孩子日渐丰满的羽翼，我们的心还是酸酸的。

❈说给家长❈ 小时候，孩子天天在家，我们总是横挑鼻子竖挑眼，嫌孩子烦人，怨孩子不争气；后来，孩子上了高中，一周才回来一次，我们开始有点想孩子了；再后来，孩子上大学了，几个月才回一次家，我们开始掰着指头数着盼着了；最后，孩子找到了工作，成了家，远在外地的他，也许一年才能回一次家，我们开始老泪纵横地撕着挂历，对着孩子回家的路望眼欲穿。所以说，孩子真正和我们在一起的时间屈指可数，爸爸妈妈们，请好好珍惜亲子共处的日子，好好欣赏曾经与我们朝夕相伴的孩子，好好去"爱"上帝赐给我们的小生灵。

有爱的寿司店

N多寿司店，美味享受，正在进行中。

天气很冷。我和儿子买了几段甘蔗后，就快速躲进了一家温馨、浪漫、暖和的路边寿司店。我们挑选了一款炫彩招牌寿司，开始美美地品尝着。可是，向来迷恋寿司的儿子，刚吃了一块就开始皱眉头，说这不是他喜欢的口味。相对于这款额外加入过多肉松、黑米、奶油、香脆丝的寿司来说，儿子更喜欢清爽口味的"原生态"寿司。萝卜白菜各有所爱。我示意儿子，可以再去点一份他自己喜欢的口味。

儿子高兴地跑到前台，对做寿司的漂亮阿姨说："阿姨，我想要一个不那么复杂的、简单点的寿司，只用白米饭、海苔裹着黄瓜条、咸菜条、萝卜条就行了。"那位阿姨好奇地看着儿子："哦？肉松不要吗？奶油不要吗？面包松也不要吗？"儿子干脆地说："嗯，都不要。""是不是有点太简单了？这样吧，我先给你少做点，你尝尝，算我送给你的，不收钱！"虽然有点不好意思，可儿子还是接受了这份爱的表达。

不到十分钟，一小份精致而又"原生态"的寿司就很有温度地摆在了我们的面前。儿子十分感激地说："谢谢，阿姨。我非常喜欢。"漂亮阿姨也冲儿子笑了笑，笑得很甜，很美。

儿子津津有味地把寿司吃了个精光，虽然不知道味道如何，但能看得出，他吃得很开心。

漂亮阿姨的女儿，看起来有五六岁，一个人拿着手机坐在柜台旁边的椅子上看动画片。无意中，她瞥见了我们桌子上的甘蔗，舔了舔嘴唇，大喊了一声："妈妈，我想吃甘蔗。"漂亮阿姨正忙着为顾客做寿司，随口应了女儿一句："好，我一会儿去给你买。"

　　说者无意，听者有心。儿子思考片刻，迅速从袋子里挑了一根最长的甘蔗，递给了小姑娘。小姑娘眨着大眼睛，十分"动情"地看着儿子。可是，她犹豫了一下，伸出的小手还是缩了回去。儿子看出了小姑娘的矛盾心理，安慰她说："你妈妈请我吃寿司，我请你吃甘蔗，美味分享嘛！"漂亮阿姨见此情景，连忙走过来说："不用，不用，我一会儿去给她买。""阿姨，别客气了，这也是我的小小心意。大家互帮互助，友好往来，都高兴啊！"

　　漂亮阿姨又笑了，笑得更甜，更美了。

　　一时间，这个不算太大的寿司店里，弥漫着浓浓的爱意，好温暖，好温暖。

　　❀**说给家长**❀　社会就是一个现实版的大课堂，生活就是一本很好的教科书，时时处处隐藏着教育契机，点点滴滴讲述着教育故事。人与人之间的感恩、分享、赠予、回馈，让爱心传递得更加温情，让友谊释放得更加尽兴。

感谢这次考试

接儿子放学，我又来晚了。

做好了"挨批"的准备，我忐忑不安地站在接送点，偷偷地向小花园里眺望。显然，儿子已经等了很久。瞥见我，他立刻噘着小嘴，满脸不悦地走了过来。走到我跟前的第一句话是："妈妈，你猜我期中考试数学得了多少分？"儿子拉着个长脸，少气无力。我知道，儿子的脸就是个晴雨表，一看就知道情况不妙。

我安慰他说："没关系，儿子，这次考不好，还有下次，下下次，机会多的是，分析考不好的原因，针对问题攻克难关，继续努力……"嘴上如此坦然地劝说儿子，其实，我的心里已经哭了三遍。那是因为，每天晚上，老公都严格而耐心地陪着儿子一起学数学。这次期中考试，儿子如果没考好，那么，对于辛苦付出的老公来说，简直是致命一击；对于刚刚被燃起兴趣之火的儿子来说，无疑是灭顶之灾。

事实已经如此，发火是无能的表现。我一面竭尽全力控制自己的情绪，一面苦口婆心劝说儿子不要气馁。可万万没想到，儿子突然忍不住大笑了起来："哈哈哈哈，妈妈，告诉你吧，这次期中考试，我的数学考了97.5分……"

儿子的"骗局"让我的心体验了一把"过山车"的刺激。

下面，暂不描述我个人的激动和喜悦之言，只呈现儿子欣喜若狂的经典语录。

"妈妈，我考了 97.5 分，比前天的数学模拟考试还多了三分呢!""妈妈，试卷后面还有一道很难的附加题，我也做对了，再加十分!"

"妈妈，我的分数比 A 同学多了十八分，她可是我们班平时学习最好的啊!"

"妈妈，我比 B 同学还多四分呢，他可是我们的学习委员哪!"

"妈妈，数学老师念到我的成绩时，全班同学都瞪大了眼睛，吃惊地看着我，不约而同地发出'哇塞'的声音，他们很羡慕我耶!"

"妈妈，我是班里的第五名，年级前五十名，说不定下周升国旗仪式上，校长要亲自给我颁奖呢!"

"妈妈，幸好有这场考试，要不然，我的数学实力怎么展示出来呢?"

"妈妈，今天你高兴不高兴? 为什么呢? 说出个一二三呗!"

…………

呵呵，儿子心花怒放了! 他真的太高兴、太兴奋了! 当然，我也很佩服儿子，他竟然能够针对这么一件喜事儿，找到那么多的理由去玩味，我也是醉了。而此时此刻，我能做的，恐怕只有陪他一起狂嗨了。

令我欣慰的是，当天晚上，儿子主动而认真地完成了所有作业，主动而开心地打开电脑写了五百多字的《球球自传》。临睡前，儿子满怀感恩地自语道："幸好爸爸妈妈对我要求严格，不然的话，今天我得到的，可能就是老师的批评和同学的嘲笑了……"

❋说给家长❋ 这次期中考试，儿子得了高分，品尝到了成功的喜悦。其实，比分数更重要的是，儿子收获了满满的自信，理解了父母的良苦用心，接纳了父母的谆谆教诲。孩子亲身体验到成功的滋味，比任何道听途说来的成功感受更真实、更震撼。父母需要做的，就是陪着孩子一起成长，在他们遇到困难时，帮上一把，然后，坐在路边，真诚地为他们鼓掌，尽情地欣赏他们的笑容。

捧着手机"取暖"

晚上十点多，我走进附近熟悉的理发店。

一改往日的吵闹，今天，这里显得十分冷清。除了我，似乎看不到其他顾客了。

我坐在沙发椅上，静静地等着。突然，我听到一旁的桌子底下，传出了动画片《熊出没》中光头强的声音。直觉告诉我，这里可能有个"小不点"。我循声找去，哈哈！果然有个三四岁的小男孩儿，蜷缩着身子，躲在桌子下面，专心致志地捧着手机看动画片。

"小朋友，你怎么藏在这里啊？"我十分友好地问他。可是，小男孩儿对我的问话无动于衷。"小朋友，你看的什么呀？是不是《熊出没》呀？"任凭我怎么问，小男孩儿依然定力十足，对我视而不见。似乎动画片里的熊大熊二占据了他全部的大脑空间。唉，热脸贴了冷屁股。为了打破这一尴尬局面，我还是向身边的女老板求助了："这是谁呀？怎么会在这里呢？"因为和老板很熟识，所以说起话来也很随便。老板一边为我剪头发，一边回答我："这是我闺密家的孩子，闺密出差了，明天晚上才能回来。孩子的爸爸又在外地工作，家里没人照看孩子了，闺密就把孩子临时交给我，由我代管两天。小家伙平时和我关系很好，也喜欢跟我玩。可是，他妈妈一走，他就开始哭闹，怎么哄都不管用，我也没辙了。后来我发现，手机可以转移他想妈妈的注意力。都两个小时了，小家伙一动没动，一直这样蹲着，盯着手机看。白天顾客多，我也没空陪他玩。要说呀，

92

手机还真是个好玩具，能哄住小孩儿不哭不闹！"

店老板的剪刀在我头发上嚓嚓作响，我的头发越来越顺，我的思绪却越来越乱。

这样的场景实在是太熟悉了：衣服店里，妈妈向顾客热情地推销各种款式的衣服，她的孩子却蹲靠在墙角捧着手机"取暖"；食品店里，爸爸忙碌地为顾客做着各种美食，他的孩子却趴在桌子上捧着手机"取暖"；麻将馆里，妈妈与牌友在桌子上噼里啪啦垒长城，她的孩子却独自一人坐在小凳子上捧着手机"取暖"；高铁上，爸爸仰面呼呼大睡，他的孩子却坐在旁边的座位上捧着手机"取暖"……

❋说给家长❋　生活的节奏越来越快，我们似乎也越来越忙；孩子的生活条件越来越好，父母的有效陪伴却越来越少。手机的诞生确实给我们的生活带来了便利，但手机对亲子关系的影响也越来越大。要么是父母抱着手机拼命"刷屏"，孩子被冷落一边；要么是父母忙着自己的事，孩子捧着手机拼命"取暖"。亲子之间感情冰冷而机械，似乎已经成为现代亲子关系的常态。所以，当手机进入寻常百姓家，成为我们的生活必需品时，我们是否也该分一些"温暖"和"关注"给孩子？

不迁就孩子的"不懂事"

单位有事，特派老公去接儿子放学。爷儿俩着急忙慌回家准备午餐，途中，儿子给我打电话："妈妈，我们下午有体育课，老师让带羽毛球拍，中午时间太紧张了，我和爸爸没空儿去买，你买好给我捎回来吧！""儿子，妈妈还没忙完，下午的体育课你能不能借同学的羽毛球拍一起打呢？晚上，我一定给你买！"虽然我表达了歉意，虽然我许下了承诺，可这任性的孩子还是立刻变了脸，只听电话那头大声叫嚷起来："不行！必须得买！绝不能耽误我下午的体育课！"听到儿子如此"无礼"的命令，我浑身不舒服。但，许是出于母性的善良，最终，我还是原谅了他，理由是：毕竟还是个小孩子，我退让一步又何妨？不和他一般见识了。

吃完午饭，我和老公打开电视看新闻，儿子去蹲厕所。新闻事件正在播报中，儿子从厕所出来，跑到客厅，二话没说，拿起遥控器就换台。一则新闻只听了一半，就被儿子突如其来的"无礼"举止强行中断，我和老公气愤至极。儿子似乎看出了我们的情绪变化，赶紧为自己的行为圆场："十二点四十了，《今日说法》开始了！你们不是说，中午只能看这个栏目吗？"老公长叹一口气，不悦，但也无可奈何。或许，老公也是这样想的：他毕竟是个小孩子，我们退一步又能怎样？不和他一般见识了！

看完《今日说法》，我和老公开始收拾碗筷。按照分工，儿子的任务是扫地。可是，我们把厨房收拾干净后，出来一看，地面上的垃圾仍然原地未动。直至我们要上班出门，这孩子还是没有丝毫要行动的打算。这时，我一看表，要迟到了！我匆忙洗漱、穿衣，老公迅速打火、发车，好像谁也顾不得催促孩子去干那件微乎其微的小事了。其实，那一刻我们心里的真实想法是：小孩子，不懂事，很正常。不就是扫个地嘛，又不是什么大事，不和他一般见识，随他的便吧！

❋说给家长❋　不难想象，如果我们继续姑息迁就，儿子会一直这样"无礼"下去，甚至会越发猖狂和得寸进尺。可最终等待他的又会是什么呢？学校里，违反校规校纪，老师会迁就他吗？工作岗位上，消极怠工又牢骚满腹，老板会迁就他吗？走入社会，做了有损他人和国家利益的事，法律会迁就他吗？我们常常会惊讶于孩子怎么就"突然"变"坏"了呢？其实，孩子变"坏"并不是一朝一夕的成因，而是一点点累积养成的"坏"习惯、"坏"思想、"坏"毛病，最终促成了"坏"行为的产生。对于未成年的孩子，做了错事，我们习惯睁一只眼闭一只眼，无原则宽容，无理由原谅，仅仅因为他还是个孩子。似乎在我们的潜意识中，小孩子不懂事是理所当然、天经地义的事。殊不知，孩子正是在我们一次次"不和他一般见识"的错误认识中，姑息、迁就、纵容、助推他一步步走上歧途的。我们不要奢望孩子长大了自然会变得懂事起来，因为，性格一旦养成，习惯一旦形成，再想改变就困难重重了。就像一张白纸，一旦涂黑，再在上面画什么美好的东西，都难以再完美呈现了。

"接送"恐惧症

"妈妈，妈妈，妈妈，您早点起床吧！要不然，今天又该迟到了！"儿子晃着仍在酣睡的我。

好几天了，因为晚上加班，我总是睡得很晚。早晨，自然是比较痛苦的时段。这下可害惨了"叫早"的小闹钟，不管它怎么玩命地叫我，我都会毫不客气地把它"打晕"，然后，又接着刚才的美梦继续做。

其实，"受害"最严重的，还是家里的那个小家伙。由于我的原因，儿子接二连三地迟到。虽然儿子再三警告我，可我一直没太在意。因为，我都算过了，他每次迟到，也就三两分钟。小孩子嘛，晚去会儿，又不是什么大不了的事。

起床后，儿子又开始密切关注我的行迹。一刻也不停地唠叨着："妈妈，今天七点四十必须到教室。""妈妈，七点十五分我们得准时从家里出发。""妈妈，你要把路上堵车的时间考虑进去。""妈妈，还有三分钟，我开始倒计时了啊！"

开始，我一直纳闷：儿子是从什么时候改掉了往日赖床的恶习，开始每天早晨叫我起床了？又是从什么时候一改平日我催他的常态，开始每天督促我别再磨蹭了？

后来，我才得知：儿子在学校里，挨了几次批评，受了几次数落，遭遇了几次白眼，饱尝了几次尴尬。

再后来，我才明白：在儿子看来，他在学校里受到的批评和白眼，比起我在单位里扣工资、罚奖金、挨领导批评所带来的对自尊心的伤害程度，是有过之而无不及的。

儿子，对不起，是妈妈没顾及你的感受。

下午，我在单位里忙碌着。在我毫不知情的情况下，时钟竟然偷偷跳过了接儿子放学的时间点。想着曾经给儿子的承诺：再也不让他成为最后一个被接走的可怜孩子了。可此刻，我又出了一身冷汗。看来，这次又要失信了！慌乱中，我急速关闭电脑，火速换上衣服，三步并作两步跑下楼，来不及热车，就直接让坐骑进入飞行模式了。

冲到接送点，旁边的小花园里，果然如我所料，只剩下儿子一个人孤独而焦急地坐在石凳上等我。花园里，漆黑一片，真有点瘆得慌，难怪儿子一看到我，眼泪就委屈而埋怨地汩汩地往外淌。

我再三向儿子道歉，解释各种来晚的原因。儿子一直保持沉默，只听见他的鼻子哧溜哧溜的。儿子愿意听我解释吗？儿子能不能再一次原谅我呢？反正，我自己都懒得原谅自己了。

回家的路上，儿子终于开口了："妈妈，您不是说女人生孩子前会得'产前焦虑症'吗？我怎么觉得自己得了'接送恐惧症'了呢？"

接送恐惧症？儿子发明的这个词，让我心里咯噔一下。真没想到，我一直以为不就是早一会儿晚一会儿的问题吗，有必要大惊小怪、小题大做吗？可是，就是我的满不在乎，才让儿子陷入极度痛苦和焦虑之中。

儿子，对不起，妈妈又没顾及你的感受。

❉说给家长❉ 孩子一旦来到这个世上，就成为一个完整而相对独立的生命个体。孩子也有自己丰富的情感世界，也有自尊心和价值感。我们常犯的错误是：习惯从大人的视角去审视孩子的世界，忽略了身边"小不点"（孩子）的存在，忽视了"小不点"们的内心感受。而我们这种有意或无意的"忘记"，让孩子们伤痕累累。

谁该为孩子的犯错买单

事件一：

儿子想吃橘子，于是，拉着我走进了一家水果店。

看着各种新鲜的水果，儿子别提多高兴了。我们正挑得起劲儿，推门进来一个十二三岁的男孩儿，打扮得很另类：上身穿着一件皱巴巴的西装，下面穿的是黑蓝色的牛仔裤，耳朵上戴着一只耳环，头发染成了黄色并一根根牛气地向上竖着。他从我身边过去，空气中立刻弥漫着浓浓的烟味。对了，他走起来一瘸一拐的，好像右腿不太灵便。

"老板，我的腿摔了一下，需要去旁边的诊所治疗，你借给我五十块钱吧！"男孩儿的语气中带有不容商量的成分。老板稍稍停顿了一下，说："哦？那你不如直接到旁边的诊所去找医生借钱治疗吧！说不定，他会同情你照顾你，为你免费治疗！"孩子一听，腿也不瘸了，摔门而出。

我吃惊地看着老板，还没等我开口，老板就无可奈何地摇头了："唉，这个孩子已经是第二次来向我借钱了，我根本不认识他。第一次，他说把人打伤了，需要给人家看病，又不敢告诉自己的父母，所以才来向我借五十块钱。看着他焦急的样子，我觉得他毕竟还是个孩子，遇到打伤人又不敢给自己父母说这么棘手的问题，一定很无助。所以，我想都没想，就给了他一百块钱。可是后来，和人无意中说起这件事，大家都说是遇到骗子了！现在想来，挺后悔，也很自责，就是因为第一次糊涂的善心，让他得逞了，让他尝到了不劳而获的甜头，他才如此大胆地再一次登门要钱！唉，现在的孩子啊！太不像话了，不知道他父母怎么教的，这样下去，是要出问题的！"

我为这个孩子感到惋惜，但也为水果店老板点赞，因为他这一次终于狠心地拒绝了这个孩子，并试图阻止这个孩子继续错下去。同时，我也在想，这个孩子之所以变成现在的样子，一定有原因。

事件二：

一天傍晚，我在一家衣服店里看衣服。服务员阿姨忙着为顾客推荐新款服装，老板娘则坐在一旁的椅子上看手机。

这时，一个七八岁的男孩儿背着书包进来，走到那位服务员阿姨的跟前，说："妈，我回来了，什么时候回家吃饭啊？我饿了！"因为顾客多、生意好，孩子的妈妈根本顾不上理睬他。男孩儿悻悻地在店里转了一圈，无聊，又走到他妈妈的身边，说："妈，你给我两块钱吧，我去买个烧饼吃！"可这位妈妈仍然忙着为顾客找衣服、熨衣服。

小男孩儿满脸不高兴，无奈地走到老板娘的身边，说："阿姨，给我两块钱，我去买个烧饼吃，一会儿让我妈还给你。"老板娘二话没说，很是爽快地从口袋里掏出十块钱，递给男孩儿，小声对孩子说："快点拿着，别让你妈看见！"小男孩儿似乎被这十块钱给吓到了，本能地往后退了一步。可老板娘真够麻利的，一下把孩子拽过去，把钱硬塞进孩子的裤兜，最后还不忘嘱咐孩子："没事！你放心！我不让你妈知道就行了！"

❈说给家长❈ 本是两个事件，却似乎有着千丝万缕的联系。第一个事件中的男孩儿之所以敢"无赖"地向水果店老板要钱，我们也许可以从第二个事件中老板娘的身上找到一些答案。乍一看，两个案例中的大人们，好像都是"好心人"，好像谁也不是怀着恶意去故意伤害孩子的。水果店老板不就是同情孩子的无助才伸出援助之手的吗？衣服店里的老板娘不也是出于好心怕孩子挨饿才慷慨进行施助的吗？但仔细想想：有时候，正是我们的"善心"，才助长了孩子"恶念"的滋生，我们的"好意"却成了孩子反过来再欺骗我们的资本；有时候，恰恰是我们的心太软，才导致孩子在错误面前还如此的大胆和放肆。现实中有很多这样的家长，口口声声说爱孩子，却在无知地把孩子一步步推上了犯罪的道路。到那时，我们不禁要问：到底谁该为孩子的犯错买单？

我想静静

　　儿子在做作业，我在洗衣服，老公在打扫卫生。一家三口，分工明确，各成一派。

　　"啊呀，这是儿子的校服啊？脏死了，不知道怎么会穿成这样，两个膝盖快磨出洞了！"我一边洗着儿子的衣服，一边嘟囔着。儿子听见了，抬起头，不好意思地说："妈妈，今天和同学玩游戏时，不小心绊倒了，膝盖磕了一下。"

　　我嘟囔完，继续洗衣服。儿子解释完，继续写作业。

　　"儿子，让你给小狗冲厕所，到现在也没冲，说了多少遍，回家第一件事就是冲狗厕所，你总是记不住，明天就得想办法把小狗送走！"老公一边拖地一边唠叨着。儿子又听见了，连忙抬起头，大声说："不能把球球（小狗）送走，我写完作业马上就去冲！"

　　老公唠叨完，继续打扫房间。儿子回应后，继续写作业。

　　"儿子的袜子真臭！每次一脱鞋，我们都快被熏晕了！以后要慢慢养成自己洗袜子的习惯，又不是什么大件衣服，连个袜子也不会洗，也不怕人家笑话！"我一边捏着鼻子，一边絮叨着。儿子一听，不满地抬起头："妈妈，您把袜子给我挑出来就行了，每次都是我还没来得及去洗，您就给我洗好了，总不给我锻炼的机会，我什么时候也学不会啊！"

　　我絮叨完，继续洗衣服。儿子抱怨完，继续写作业。

　　"你们俩总是一下子买这么多面包，不能吃完再买吗？你们看看，面包都干了，有的都发霉了，简直太浪费了!"老公一边擦着桌子，一边把不能吃的面包心疼地丢进垃圾篓。我很是委屈地补充说:"都是儿子非要买那么多，说是每种面包都尝尝，才知道哪种好吃，下次才能有针对性地买! 唉，儿子买东西太缺乏计划性，这个坏习惯必须改改!"儿子听见了我们的对话，但这次，他只是抬了抬头，没有说什么。

我和老公双双嘟囔完毕，继续手中的活儿。儿子的思路间歇了一下，继续写着作业。

"儿子的老师刚才发短信了，通知明天数学要月考，需要带上尺子、铅笔、量角器。"老公看着手机，读着短信内容。我随口问:"老师没说让带三角板吗?""没说。""没说也要带上，万一能用得上呢?""老师没说，就不用带，多一样东西就多操一份心，三角板和尺子的作用差不多!""那怎么会一样呢? 作用如果一样，干吗要制造三角板呢⋯⋯"我和老公争论了起来。这时，儿子从房间走出来，央求着说:"爸爸、妈妈，能让我静静吗? 我总觉得，你们谈论的每一件事里，都提到了'我'，硬拉着我参与进来。妈妈，您洗衣服，能不能只洗衣服? 爸爸，您打扫卫生，能不能只打扫卫生呢?妈妈也静静，爸爸也静静，让我也静静，好吗?"

我和老公，面面相觑。

❀说给家长❀ 表面上看，一家三口，各忙各的，互不干涉，看似儿子一直独自一人在房间里做作业，谁也没有去打扰他。但事实上，我们每做一件事，每一句自言自语，都把儿子牵扯了进去。这样的场景，在我们的生活中是不是很熟悉呢? 父母的焦虑，不知不觉地转嫁给孩子; 父母的抱怨，不知不觉地波及孩子; 父母的唠叨，不知不觉地也让孩子被迫参与其中。我们口口声声教导: 孩子，你要学会专心致志地做事，可不知不觉中，我们却扮演了"捣乱者"的角色。

在生活中感悟

"妈妈，我想吃桃酥。"

我和儿子开车回家，路过一桃酥店。我翻了翻钱包，没有十元的零钱，只好递给儿子五十元。儿子高兴地飞奔而去，我的嘱咐不知道能不能追得上他："省着点花！"

远远地，我看到儿子站在桃酥店开放式的柜台前，浑身嘚瑟着，想必是对柜台里各式各样的甜品系列垂涎三尺了。

不一会儿，儿子手里拎着三大兜战利品，屁颠屁颠地回来了。"妈妈，这一兜是泡芙，这一兜是桃酥，这一兜是夹心面包，都是刚做出来的，可香了，你闻闻！"我完全不像儿子那么高兴，冷冷地说："你这孩子，花钱太随意了，你算算妈妈一个月能挣多少钱？平均每天的收入是多少？你这样无节制、无计划地消费，我们家怎么能吃得消！"没想到儿子来了一句："这三大兜一共才花了三十元钱，你看，五十元没花完，还找了二十元呢！"

看来，儿子根本没有钱的概念，更没有节俭的意识。我在寻找更好的教育契机。

儿子又要吃米线。好吧。

儿子要了一大碗米线、一瓶可乐，当然，他一定忘不了刚买的三大兜甜点了。小小的桌子，瞬间被"奢侈"的食品堆满。

儿子美美地享用着。我的心思却复杂起来。

这时，推门进来一位老人，七十岁上下。破旧的中山装上布满了水泥点子，挽起的裤腿下面露出一双老式的球鞋，卷起的帽檐掩藏不住老人久经沧桑沟壑纵横的脸。进了门，老人用疲惫的声音说："老板，来一小碗米线。"直觉告诉我，老人可能是一个泥瓦工匠，看样子，刚干完活。

老人走到一个靠门的空座位，旁若无人地坐了下来。他摘下卷了边满是灰土的帽子，拍了拍，放在桌上，然后，就是满心欢喜地等着那一小碗米线了。

我用脚踢了踢儿子，小声说："儿子，你留心观察一下那位老爷爷，一会儿告诉我你的感受。"儿子扭头看了看老人，眼睛里充满了疑问。

一碗米线，儿子没动几筷子，就摸着肚子，打着饱嗝："妈妈，我吃撑了，实在吃不下去了！"说着，儿子轻松而不屑地把碗推到了一边。

然后，他便按照我的旨意，开始频繁地朝一个方向望去。

一开始，儿子还满不在乎，可随着故事的进展，老人的一举一动越发地吸引着儿子的目光，最终竟然使儿子的情绪发生了落差式的变化：从满不在乎，到目不转睛，再到眼睛湿润。

回到家，儿子回忆着刚才米线店里的一幕：

服务员把小碗米线端到了老人的面前，老人没有抬头，只是从鼻子里哼出了一个字："好！"干枯树枝般的手，用力挑起碗里的米线，再努力送到牙齿不太齐全的口中。老人顾不得抬头，许是对周围的一切不感兴趣，许是全部心思都放在了怀里的那一小碗米线上吧。最后，老人颤颤巍巍地端起碗，把米线的汤汁也喝得干干净净。"老板，算算多少钱？"虽然不知道老人是不是吃饱了，但老人还是看起来很满足地抹了抹嘴。"一小碗米线，八块钱！"老板应和着。老人小心翼翼地从口袋里摸出了十元钱，很是认真地摊开，放在餐桌上……

儿子一边讲述着，一边动情地擦着眼泪："老爷爷太可怜了，这么大年纪了，还在干活，八块钱一碗的米线，对于老爷爷来说，也许就是改善生活了。"

❀说给家长❀ 空洞的说教，孩子也许能机械地记住，但活生生的现实，才能让孩子有触及灵魂的感悟和思考。

违规的规定者

拐进 S 蛋糕店，我和儿子又是不约而同。

这家蛋糕店，每天都很有创意地更换蛋糕的款式和口味，煞是馋人。一向喜欢精致甜点的我，自然大饱了眼福。之后，我和儿子兵分两路，疯狂装货。蓝莓蛋挞、慕斯蛋糕、巧克力布丁、彩虹饼干、肉松馅饼，对于我这个吃货妈妈（儿子赏赐的昵称），样样爱不释手，在难以取舍的痛苦挣扎下，我选择了统统带走。

收银台处，与儿子邂逅。没想到，我满载而至，儿子却轻车简从。儿子睁大眼睛，吃惊地望着我："妈妈，昨天您不是刚说过，买东西要节省，尤其是进面包店，每次只能购买一样吗？您怎么忘了？昨天我们刚把家里发霉的面包扔掉啊！"

看着儿子的手里攥着仅有的一包甜面圈，我的舌头开始痉挛，我的手心开始冒汗，一时间，我知道了什么叫尴尬，什么叫想钻地缝。

违反规定的我，想弥补一下在儿子心目中的形象。我拿出了哄儿子的绝招，请他吃饭。

在儿子的提议下，我们走进一家串串店。

可能是因为这里可以尽情享受"自主选择"的快感，所以，我和儿子都喜欢到这里，让口感的激情尽情释放。坐定后，我和儿子开始超级自在地撸着喷香的串串。豆腐串、烤肠串、青菜串，一串一串吃得不亦乐乎，吃得热火朝天！此时此刻，若是能再来一瓶冰水，岂不更爽？于是，我邀儿子一起前往冰柜前选择饮品。我想都没想，火速拿了一瓶冰镇可乐，迫不及待地拧开盖子，狂饮一番，真是 feel 倍儿爽！儿子却愣愣地站在一边，看着我贪婪享受碳酸饮料的样子，不解地问："妈妈，您不是给我讲过碳酸饮料的危害吗？我们不是也有约定吗？咱俩谁都不能再喝碳酸饮料了，您怎么又忘了！"

我突然发现，儿子的手里明明握着的是一瓶常温的纯净水。一时间，刚被冷饮降温的我，又被儿子的一番质问升至沸点。我汗颜：规定明明是我给儿子制定的，可最先违反规定的，却是我这个规定的制定者。

❋说给家长❋ 父母是原件，孩子是复印件，复印件出问题，是因为原件出了问题。有时候，为什么孩子不听话，不遵规，不守约，原来是父母在不知不觉中首先违反了规定和约定。父母的朝令夕改、以身试法，会让孩子无所适从。孩子会觉得，父母的话原来是有待考究的，父母的要求只是随便说说，可以随时更改。慢慢地，父母在孩子心目中的形象会大打折扣，孩子对父母的话开始持怀疑态度。这样下去，不但父母的威信难以捍卫，孩子的诚信观也难以形成。所以，要想孩子改变，父母首先要改变；要想孩子做到，父母首先要率先垂范。教，就是用思想感染他的思想，用行为引领他的行为。教，就是做给他看！

都是溺爱惹的祸

近期，网上疯传一段视频，看了让人愤怒又心酸：

二十出头的青年男子，把一位六十岁左右的老人按倒在地，骑在老人身上，卡住老人的脖子，嘴里还骂骂咧咧："你装什么爷啊……"老人躺在地上，对青年男子也是气愤至极，连打带骂。青年男子越发被激怒，变本加厉地拽着老人的头发，使劲儿往地上撞。在一旁录像的女人，不停劝说，无济于事，满口嚷嚷着："打110，打110！"

谁会相信，这对玩命厮打的一老一少，竟然是一对亲生父子。在一旁录像的是青年男子的母亲。

儿子痛打父亲时下手之狠，令人发指。当大家都在唏嘘这惨不忍睹的画面时，当众人都在强烈谴责视频中的不孝之子时，网络上又神出鬼没般地出现了该视频的子母篇：

仍是这对父子，爷儿俩笑呵呵地面对镜头，父亲的手插在裤兜里，一副很轻松的样子，儿子则把胳膊搭在父亲的肩膀上，一幅看似十分和谐的画面。本以为是儿子向父亲认错，没想到整段视频却全部是父亲的"肺腑之言"："各位观众，请大家不要再转发了，前天的视频是个误会，那天我喝了点酒，回家找事咧，儿子控制不住我，把我弄翻了，其实，俺爷儿俩也没多大仇，都是家务事，请广大市民、网民不要再继续转发了，这已经对我们家造成了很大的影响了，请大家都互相帮忙，到此为止吧！我在这里谢谢大家了！"

107

据说，这位青年是某地区的协警，从小娇生惯养，因为父亲参加战友的葬礼，没有给他照顾两个孩子，就大打出手。

相继上传的两段视频，一个记录了真实，一个浮夸了作秀，看了实在令人哭笑不得。儿子用极为恶劣的方式教训自己的老子，可老子却公开替儿子赔礼道歉，恳求网民原谅自己的儿子。

真是人伦悲剧！

✻说给家长✻ 何为"孝"？从字面上看，老在上，子在下，老人紧紧靠着儿子，寓意是：子女要把父母摆在自己的前面，子女要侍奉和赡养父母，"孝"是家庭美德的具体体现。《论语》中记载，子夏问孔子："何为孝？"子曰："色难。"就是说，给父母一个好脸色，比什么都难。在家里能够对长辈和颜悦色，到单位才会对别人理解宽容。家庭是伦理修养的起点，家庭是伦理信仰的归属。

我们痛斥视频中儿子的不孝，指责此乃大逆不道。可当我们扼腕叹息、痛心疾首、深恶痛绝时，是不是要追溯导致孩子不孝的根源究竟在哪里？古语说："惯子如杀子""慈母多败儿"。孩子的大逆不道，多半要从"溺爱"上找原因了。所谓溺爱，就是不管对错，都由着孩子的性子来，一味惯着、爱着、宠着、护着，最终造成孩子习蛮任性、目中无人、唯我独尊。孩子一旦养成野蛮跋扈、蛮不讲理的品质，那么，出现暴力反哺、不认父母的怪象，自然就不足为奇了。正如一首打油诗中写道：儿打父亲虽悲哀，伤心难免怨运衰。若非幼时溺爱故，何有人伦丑怪胎！

冷漠，让爱降温

我一直觉得，今晚，是个好有"爱"的晚上。

夜深人静，寒气逼人，我冻得瑟瑟发抖，儿子挽着我的胳膊，与我并肩走着，小小的身体几乎是蜷缩在我的身上，当然，他不是为了取暖，而是为了向我传递他厚厚羽绒服下的热量。直到他触碰到我仍然冰凉的手时，儿子突然做出了我始料未及的决定：脱下羽绒服，披在了我的身上，还故作轻松地说："我都出汗了！"

儿子牵着我的手，在花园的小路上缓慢行走，他引导着我灵活而准确地绕开了地上一个个窨井盖。儿子说，这是很危险的区域，会"吃人"的，还是小心点为好。

近段，因为眼睛意外受伤，我的视力受到严重影响，儿子这个小暖男，自然就充当了我的拐杖，时不时，儿子还会突然冒出一句歌词："你是我的眼，让我看见这世界就在我眼前……"唱得我眼泪啪嗒啪嗒往下落。

一路走来，我被小暖男的"爱"包围着、温暖着，儿子则被我的夸奖和认可鼓励着、幸福着。

可后来，我发现，是人们的冷漠让这份"爱"迅速冷却。

我和儿子推门走进一家商店，随我们一起进门的，还有一位年轻的女士。儿子第一个进门，可能是习惯使然，也可能是道德修养的积淀，儿子下意识地为我扶住了门，当然，还有紧随我的那位女士。我的微笑里，满含谢意。儿子也像绅士一样，冲我点头，眼神里，分明是满满的存在感和成就感。可我身后的那位女士，许是害怕被门夹伤，快速地侧身，顺势通过，面无表情，默不作声。本以为会有一个温暖的回应，可女士的冷漠，换来了儿子脸上的失落与尴尬。

还好，店里很暖和。

儿子高兴地为自己挑了一双纯棉运动袜，标价是十五元。儿子把一张二十元人民币递给了收银员阿姨。许是忙中出错，收银员阿姨随手找了儿子三十五元。儿子敏锐地发现了计算错误，本能地说了句："阿姨，不对吧？"收银员阿姨的反应实在令人费解，她不屑地看着儿子，可能在她的眼中，儿子就是个小孩儿，论文凭，只能配得上她不屑的白眼。儿子进一步解释："阿姨，我给您的是二十元，您是不是当成了五十元，所以找给我三十五元呢？"本以为，收银员阿姨会为眼前这个小暖男点赞，因为儿子十分诚信地为她避免了一场赔本生意。可没想到，收银员阿姨最终还是选择了冷漠。她从三十五元中，挑了一张五元，扔给了儿子。

让我万分恐慌的是：儿子捡起那五元钱时，表情也变得异常冷漠；儿子在走出商店门的一刹那，他只照顾了他自己；回家的路上，儿子的手变得冰凉，一句话也不想说了。

一个小暖男不断升温的"爱"，就这样，被"冷漠"瞬间降温。

❀说给家长❀ 生活中，我们往往过多地关注了学校教育和家庭教育，把教育孩子的重任全部压在了教师和父母的身上。其实，社会上的每一个人，时时刻刻都在扮演着教育者的角色，也都在用自己的行为影响和教育着身边懵懂的孩子。当学校教育、家庭教育和社会教育三者不一致或不同步时，孩子的灵魂就跟不上匆匆行走的步伐，孩子就会迷路。

吃了亏，学了乖

晚饭后，儿子席地而坐，看电视。

因为专注，全然不顾周围发生的一切，甚至，连自己的异常动作也没有意识到。

一个酸奶瓶子盖儿在儿子的手中反复被蹂躏着。电视节目演到精彩之处，儿子更是激动万分，忘形地把瓶子盖儿吸在噘起的嘴巴上。

见状，出于本能，我大吼一声："别把瓶盖儿放在嘴里！吞下去怎么办？卡住喉咙怎么办？扎破嘴唇怎么办？"我的一连串担心焦虑，像连珠炮一般翻涌而出。可我的劝告竟没有引起儿子的丝毫警惕，他仍然置若罔闻，我行我素，任凭瓶盖儿把两片嘴唇"吸"得都能拴头驴。

大人们往往犯这样的错误：觉得只要警告了，只要劝说了，不管取得什么样的效果，总之，我们的任务完成了。换句话说，话只要对着孩子说出去了，就想当然地认定孩子一定会按照我们的吩咐照章办事。我们也似乎如释重负、轻松坦然了。所以，一番紧急轰炸后，我便进入了麻痹大意、放松警惕的阶段，对儿子睁一只眼闭一只眼，听之任之。

当儿子突然出现在我的眼前时，我惊呆了，接着，就是捧腹大笑。因为，儿子的两片嘴唇像是被马蜂蜇了一下，肿得老高，尤其是在嘴唇的周围，滑稽地"画"上了一个圆圆的紫色瘀血圈儿。

111

我立刻明白了刚刚在儿子身上发生了什么。他一定是使劲儿去吸套在嘴唇上的瓶盖儿，由于用力过猛，导致皮下出血。我好奇：为什么儿子没有感觉到疼痛呢？呵呵，一定是精彩节目发挥了"麻醉剂"的功效。我窃喜：不听老人言，吃亏在眼前！

　　一开始，儿子还没有意识到这个悲催的变化，可当他莫名其妙地跑到镜子前寻找"爆笑点"时，他被彻底吓傻了："哎呀！怎么会是这样？我算是破了相了！明天怎么上学啊？老师和同学们一定会笑得满地找牙！"

　　很难想象，不对，是很容易想象，儿子是如何怀着忐忑的心又是怎样万般煎熬地度过了那个"没脸见人"的一整天的。

　　我只是清晰地记得：儿子灰溜溜地回到家，拉着大长脸，信誓旦旦地说："我再也、再也、再也不会吸瓶盖了！"

　　❋**说给家长**❋　有时候，对于孩子来说，与其苦口婆心地说教一百遍，也不如让现实狠狠地教训他一下来得更奏效！

还好，我没放弃

儿子的学校举行文化艺术节，歌曲、舞蹈、相声、诵读、乐器……果然精彩纷呈，美妙绝伦。

儿子在众人的掌声中，也在我的期盼中，迈着款款的脚步，闪亮登场了！

只见他自信而优雅地站在舞台中间，合着伴奏音乐，煞是陶醉地吹奏了他的经典曲目《北国之春》《爱拼才会赢》《爱你在心口难开》。完美而精彩的表演，博得了现场上千名观众的热烈欢呼。我在观众席中，似乎看到了灯光下儿子晶莹闪耀的泪花。

在老师、家长和同学们羡慕的目光中，儿子走下舞台，我也满含热泪上前拥抱了他。激动之情难以言表，只记得儿子在我耳边轻轻地说了一句："还好，我没放弃。妈妈，谢谢您。"

我依稀记得，半年前的一天，送儿子去上萨克斯训练班。不知道哪根导火索燃着了，迫使儿子突然爆发："我不想学萨克斯了！一点意思都没有！你们为什么要强迫我？为什么非要逼我做我不想做的事情？"

面对儿子突如其来的咆哮，我和老公目瞪口呆。身为教师的我们，一时间，竟然找不出更好的教育方法，面对自己的孩子，怎么就思路断电、黔驴技穷了呢？

倒尽了脑子里现有的"好言"，经过了一番"惯性"的劝说，最终，我和老公还是果断地采取了"专制"的做法，连哄带骗，强

113

拉硬拽，愣是把儿子再次拖进了萨克斯训练班。

现在想想，当时的做法实在算不上明智。可是，教育者们面对棘手的教育现象，往往能够比常人多一些理性的思考和追问。

我们分析，儿子不愿学萨克斯的主要原因有：1. 萨克斯老师过于严厉，批评多于鼓励，儿子有点紧张和胆怯；2. 向来不缺乏自信的儿子，因为入门较晚，面对技术在他之上的"小"学徒们，觉得面子上挂不住，有点伤自尊；3. 萨克斯不属于学校开设的规定课程，既然是兴趣班，当然可以随"兴"而为。

避开了儿子的情绪冲动期，找准了叛逆现象背后的原因，我和老公就俯下身来与儿子促膝交谈。坦诚的交流和耐心的开导，儿子终于打开了心门，心悦诚服地接受了我们的建议——继续坚持。

鲜花、掌声、羡慕的目光、啧啧的称赞……这是对儿子"没有放弃"的褒奖，更是对儿子"努力付出"的馈赠。

此时此刻，我们无须太多的语言，只需流露会心的微笑，就足以诠释当初"逼"孩子的全部心思和理由。

是的，有时候不逼自己一把，就不知道自己有多优秀。

❀说给家长❀　在孩子心智尚未健全的成长期，父母的正确引导就显得非常重要和必要。当孩子亲历成长的艰辛，饱尝成功的喜悦，自然就拥有了触及灵魂的感悟和思考。这种体验不断强化，就一定能沉淀为孩子的行为自觉与人格品质。

捍卫诚信的尊严

周六"加班",周日"加班",就是为了那场萨克斯演出。

早餐没尽兴吃,午餐也留着量,就是为了演出后和小伙伴们共进丰盛的晚餐。

或许,只有小孩子才会如此天真而简单地去追求我们大人看来不可思议的事情。

你猜对了!说的还是他——我儿子。

"我们班同学的妈妈说了,本周日晚上,某保险公司开展庆祝活动,请我们几个表演萨克斯合奏。阿姨还说,为了答谢我们的辛苦演出,保险公司要请我们吃大餐……"

儿子一边说着,一边喜悦地露出了灿若桃花的笑容。那份天真,绝对没有掺杂任何功利想法。

心中有盼头,自然很卖力。孩子们的精彩表演博得了现场观众的阵阵喝彩!二十分钟下来,小伙伴们个个大汗淋漓,但脸上却洋溢着成功的喜悦。此时此刻,所谓的成就感、价值感、荣誉感、存在感、快乐感、幸福感……一下子全部降临到了孩子们的身上。

可是,当孩子们回到休息室,眼巴巴地静候那顿说好了要犒劳他们的开心晚宴时,迎来的却是保险公司负责人冰冷的问话:"你们还要在这儿吃饭吗?不是已经表演完了吗?"

孩子们的笑容瞬间僵住,没有一个人知道该怎样表达内心的需求与无助,呆滞的目光诉说着他们冰与火的心理落差。

一直无私地为表演提供后勤服务的几个孩子的家长,实在看不下去了，撸起袖子，与保险公司负责人争吵起来："孩子们那么辛苦地练习，对这场演出那么重视，可你们的态度呢？一百八十度大转弯啊！这不是明摆着欺骗孩子们吗？""我们又不缺你们的一顿饭！只是你们的诚信呢？这种过河拆桥的做法，实在让人气愤！""你们保险公司对孩子都不讲诚信，怎么相信你们对客户讲诚信呢？"家长们情绪激动，执意要为孩子也为自己讨个说法。

"走吧！走吧！我们才不想沾他们的光！""这算什么事，这算什么人啊！要知道是这样，我们才不会这么卖力地练习和表演呢！"孩子们你一言我一语地抱怨着。

没错，坏情绪是会传染的。一时间，在场的所有人，包括孩子们，都被这突如其来的负面情绪死死地扼住了喉咙。

我开始恐慌：孩子们的处世方式与思维认知会不会因此受到影响？

为了避免一场无谓的争端，身为教育工作者的我，平复了一下情绪，整理了一下思路，坦诚地与孩子们交流了三个观点：一、我们与保险公司争辩，不是要沾光，而是在捍卫诚信的尊严；二、事情发展至此，或许存在什么误会，或许双方在沟通上出现了障碍；三、换一种角度思考问题，就算没有任何报酬，也要感谢保险公司为我们提供了表演的舞台，为我们创造了一次锻炼和展示自我的绝好机会。

结果，终究是好的。

家长和孩子们的情绪慢慢趋于稳定。保险公司也向孩子们真诚道歉，诚恳地兑现了诺言。

也许，对于所有当事人来说，这才是最好的结局吧！

❋说给家长❋ 教育无处不在，成长随时进行。通过这件事，我们的孩子也许会明白，欺负别人不是好孩子，同样，被别人欺负也不是好孩子；会明白，不守诚信的人和事是要被唾弃和谴责的；会明白，换个角度考虑问题，坏事可能会变好事，决定我们情绪的原来不是事情本身，而是我们对事情的认知与看法。

为谁吃？为谁玩？

人，饿了要吃饭，渴了要喝水，困了要睡觉，这本是人的自然生理需求，可偏偏就有人把它导演成了一部本末倒置的闹剧。尤其是发生在孩子的身上，就显得更为滑稽可笑了。

"来，宝贝儿，你吃一口饭，我就给你发一个微信红包!"小餐店里，一个四岁的男孩儿左手捧着手机，右手拿着饭勺，在爸爸的"威逼利诱"下，饶有兴致地完成着一件本应是内在需求实则被外部因素诱惑的事情。一顿饭下来，孩子共接收了四十多个微信红包。

一旁的爸爸，乐得手舞足蹈，看着孩子这么"争气"，一直拼命而机械地点着手机上的红包发送。孩子呢? 也是拼命地把饭菜送进嘴里，每送一口，都会露出骄傲自得的模样，好像干了一件多么了不起的大事。

眼前的画面，可谓爱意融融、其乐融融。可我在想，孩子是否知道送进嘴里的饭菜的味道? 孩子是否清楚饿与主动进食之间的逻辑关系? 孩子吃饭的外部动机会不会扰乱肌体的内在需求? 我也在假想，如果爸爸不给红包了，孩子会有什么搞笑的表现? 孩子会不会把饭碗一推，噘着小嘴说：红包都不发了，还想让我吃饭，哼! 没门! 我才不会为你吃呢!

这让我想起了一则小故事：

一群孩子在一位老人家门前嬉闹，叫声连天。几天过去，老人难以忍受。

117

于是，他出来给了每个孩子二十五美分，对他们说："你们让这儿变得很热闹，我觉得自己年轻了不少，这点钱表示谢意。"

孩子们很高兴，第二天仍然来了，一如既往地嬉闹。老人再出来，给了每个孩子十五美分。他解释说，自己没有收入，只能少给一些。十五美分也还可以吧，孩子仍然兴高采烈地走了。

第三天，老人只给了每个孩子五美分。

孩子们勃然大怒："一天才五美分，知不知道我们多辛苦！"他们向老人发誓，他们再也不会为他玩了。

❋**说给家长**❋ 人的动机分两种——内部动机和外部动机。如果按照内部动机去行动，我们就是自己的主人。如果驱使我们的是外部动机，我们就会被外部因素所左右，成为它的奴隶。父母太喜欢使用口头奖惩、物质奖惩等控制孩子，而不去理会孩子自己的内部动机，久而久之，孩子就忘记了自己的原初动机，做什么都很在乎外部的评价。上学时，孩子忘记了学习的原初动机——对未知世界的好奇心和探究欲；工作后，他又忘记了工作的原初动机——成长的快乐，上司的评价和收入的起伏成了他工作的最大快乐和痛苦的源头。如果一味地将外部评价当作参考坐标，孩子的情绪就很容易出现波动。因为，外部评价难以控制，一旦与内在需求偏离，孩子就会不满，就会牢骚满腹，甚至会对事物失去基本的判断能力，迷失了行进的方向，丧失了真实的自我。

家里没有"他（她）"

难得空闲在家，像是要把心里的烦恼和垃圾都清理干净一样，我认真而仔细地把家里打扫得干干净净。

老公从外面回来，一进门就被家里温馨舒适整洁的环境惊呆了："哇，谁把家里拾掇得这么干净啊！"我心里自然是美滋滋的，因为，从老公的惊喜里，我听出了褒奖。

此时，一旁的儿子突然故弄玄虚地说："猜猜是谁打扫的？猜对了！'她'打扫的！怎么样，很干净吧！你闻闻，还有香味呢！'她'打扫了一上午呢！可辛苦了！"儿子边说边冲我竖起了大拇指。

儿子说的是实话，回答得也很坦诚，口气中更是带有满满的称赞，可是，为什么听起来不那么舒服呢？究竟哪里不对劲？我半天才反应过来，原来，是儿子话语中的一个"她"字。

一个"她"字，疏远了我和儿子之间的距离；一个"她"字，冰冷了我们之间的感情；一个"她"字，远不及一声"妈妈"来得贴切而温暖。

我告诉儿子：家是一个有温度的地方，家里没有"他（她）"，家里只有爸爸、妈妈、爷爷、奶奶、姥爷、姥姥……这是对长辈的尊称，也是礼仪规范对我们的要求。

儿子的眼神充满了疑问。我给儿子看了一幅漫画：

"喂，老头！到张村还有多远？"

"七十拐杖！"

"应该论'里'啊!"

"论'理',该叫大爷!"

虽然是漫画,却反映了称谓礼仪在人们日常交往中的重要性。

除了我的用心教育,生活中,儿子也在随时随地进行着"礼仪"课程的学习:他频频地因为礼仪的缺失而处处碰壁。

"嗨!帮我拿一瓶口香糖!"儿子在超市里"无礼"地招呼着。服务员阿姨装作没有听见,并回赠了儿子一个恶狠狠的白眼。儿子顿悟:"阿姨,帮我拿一盒口香糖,好吗?"服务员阿姨脸上堆满了笑容,热情且开心地递过来一盒口香糖。

"哎!给我来碗凉皮!"儿子站在柜台前,指手画脚地表达着自己的需求。店老板冷冷地回了一个字"嗯!"可脸上明明写着两个字"不满"。儿子顿悟:"叔叔,麻烦您给我来碗凉皮,不要放辣椒,多放点麻汁,谢谢叔叔!"店老板的脸立刻多云转晴。

❋说给家长❋ 礼仪,反映了一个人的自身教养,也反映了整个社会的文明程度。一个言谈举止正确、规范、得体的人,在与人交往的过程中,往往能够如鱼得水,进退自如,不但为自己塑造了一个高品位、有修养的良好形象,同时也给别人留下了深刻的印象,有助于生活的幸福和事业的成功。所以,我们要把孩子培养成知礼、懂礼、明礼、守礼的人。而对于我们家长来说,生活中处处都有礼仪教育的契机,家长们要善于发现这些隐含在生活缝隙里的种种契机,对孩子实施及时而有效的礼仪教育。

小苗与老农

一位年轻妈妈抱着两岁左右的小男孩儿来吃早餐。小男孩儿虎头虎脑，大大的眼睛一眨一眨的，充满了对未知世界的好奇。

一笼包子端上来，小男孩儿兴奋地"啊，啊，啊"地叫着，虽然没能用贴切的语言准确表达自己的想法，但，他的身边有一位智慧而用心的妈妈："宝贝，这是包子，你看，圆圆的，白白的……"

看着热腾腾的包子不停地冒着热气，小男孩儿又激动起来，用稚嫩的小手指着冒出的白烟儿，发出了一连串的"啊，啊，啊"。妈妈耐心地告诉他："你看，包子很热，冒着白烟儿，别碰它哦，很烫的……"

小男孩儿手里拿着包子，这里摸摸，那里捏捏，闻一闻，舔一舔，再咬上一口，看看里面究竟藏了什么。一口咬下去，包子"露馅"了，小男孩儿立刻又"啊，啊，啊"地喊了起来。妈妈马上明白了孩子的想法，知道小家伙儿又向她求助："这是什么呀？为什么会是这样？"妈妈微笑着说："宝贝，这里面是肉馅，你尝尝，是不是很香？昨天早上我们吃的是素馅儿……"小男孩儿似乎要动用所有的感官，全方位地去探究身边陌生事物的所有秘密。

我突然觉得，眼前的场景是一幅多么美好而理想的教育画面啊！

这又让我联想到另一幅画面：

儿童游乐场里，年轻妈妈领着三岁的小女孩儿来玩。小女孩儿怯怯地爬上滑梯，有点害怕，有点担心，可是当她战胜自己，勇敢

121

地从滑梯上滑下来，刺溜一下滑进了堆满彩色小球的池子里时，小女孩儿高兴地"咯咯咯"笑了起来。初次探险成功的她，激动而兴奋地再一次爬上了滑梯。

看着孩子玩得这么嗨，年轻妈妈总觉得不安心，直觉告诉她，该是"学习"的时候了。于是，妈妈顺手拿起了一个红色的球和一个黄色的球，问小女孩儿："这两个球是什么颜色的呀？"可能是玩得太投入了，小女孩儿根本就顾不上理会妈妈的问话，挣脱妈妈的手，又爬上了高高的滑梯。

又是一番刺激，又是一阵笑声。

年轻妈妈似乎觉得孩子玩得太疯了，再不学习就真的要输在起跑线上了。于是，妈妈狠心地一把拉过孩子，强行搂进自己的怀里，十分严厉地说："这个是红色的，这个是黄色的！你记住了吗？再问你一遍，这两个球是什么颜色的？"小女孩儿被突如其来的专制吓坏了，开始哭闹，开始挣扎。年轻妈妈冲孩子吼着："不说是吧？那就别想再玩了！"

难道只有按照妈妈的要求去乖乖地辨认小球的颜色才是学习吗？

❋**说给家长**❋　我们往往过于强化自己作为教育者的地位，而忽略了孩子作为学习者本来就拥有的语言本能、思维本能、行为本能、学习本能。很多时候，我们家长做了一件蠢事，就是去教孩子本能就会的东西。我们用十倍的努力、二十倍的努力，去搞乱孩子本能的发挥，打击孩子天生就有的对未知世界的探索欲望，让学习成为一种强制与被迫，这真是教育的灾害。其实，家长教育孩子，就像老农帮助小苗长根，小苗自己把枝干完善，长出花朵和果实。在亿万年的发展中，小苗已经带来了一种天性和本能，环境适宜时，它自然就会长根，长干，长叶。

"教"孩子学坏

周末，我带着儿子，闺密带着女儿，四人组团，去濮上园玩。

碰碰车、旋转木马、疯狂过山车……俩孩儿玩得很嗨，过足了疯玩的瘾。我和闺密陪着，一路上也是聊得十分尽兴。

累了，找一片杉树林休息。

这时，儿子一把拉住我，咬着我的耳朵说："妈妈，我有点尿急！"哈哈，这顽皮孩子，只顾着玩了，连最起码的控制生理需求的大脑中枢也被"玩"给抑制了。

我看看四周，好像没有公共厕所。儿子这下着急了，跺着脚，弯着腰："怎么办，怎么办，怎么办啊？"

闺密好像看出了儿子异常动作的破绽，哈哈大笑："这么多树，找个树根儿，背过脸去解决就行了呗！"

儿子呢，似乎觉得有点不妥，红着脸，支支吾吾，半天挤出几个字："这……不太好吧！"

闺密一听急眼了："这熊孩子，还不好意思呢！大老爷们，还知道害臊啊！别装了啊，再不解决，可就丢大人了！哈哈……"

一时间，我被闺密"嘲笑"傻了，也跟着糊里糊涂地劝儿子："去吧，找个隐蔽的大树解决吧！再这样憋着，确实对膀胱不好！"

在我们两个大人的怂恿下，儿子猴急地跑到一棵他选中的大树根，十分惬意地轻松了一把。

真是无巧不成书啊！不知是谁家的宠物狗，闻着"味"就来了！

只见它兴奋地在儿子的脚下团团转，突然，小狗翘起后腿，也在这棵树的根部留下了一片"神圣"的印记。

看到这一幕，我笑得前仰后合："哈哈，儿子，小狗要和你争地盘了，你能争得过它吗？"

闺密也乐得直不起腰了。那一刻，我和闺密"诡秘"而"无辜"的笑声，绝对是一首悲催命运交响乐。

闺密的女儿闻声而来，一脸疑惑的她，很快就明白了事情的来龙去脉。她气愤地指着儿子说："你怎么在公共场所随地大小便呢？这也太不文明了！"

再看我那宝贝儿子，哑口无言，满脸通红，眼睛直勾勾地盯着我和闺密，恐怕，此时此刻的他，心情也实在是太复杂了。

❉**说给家长**❉　我们不愿意承认中国人在世界面前，就是低素质的代表，但总有这样的事例出来打脸。我们在痛快地骂着一些人不争气的同时，又何尝不该想想我们自己呢？作为父母，我们的所作所为不仅代表着自己，更深深地影响着孩子。一方面，我们强烈而愤慨地指责社会上的不文明行为；另一方面，我们却在有意或无意地教孩子学"坏"。孩子的模仿能力、可塑性极强，父母是孩子的第一任启蒙老师。良好的行为对孩子的健康成长会有很大帮助，但是不良的行为也会给孩子造成无法扭转的伤害。孩子一旦养成了坏习惯，因素质低被人唾弃，被社会贬值，那才是人生最大的悲哀。

要命的坏脾气

和几个朋友聊天，谈工作，话家常，扯时尚，可谈着谈着，话题就高度一致了——聊孩子。

"俺那臭小子啊，真是气死我了！太不听话了，让他干什么，他偏不干什么！还跟我顶嘴！上一次他吃饭时，把一碗饭扣了个底朝天，我冲他吼了几句，他还嘴硬，说是饭太烫了！我看啊，明明就是只顾着看电视了！"

"那算什么啊！俺家那位小公主啊，甭提多气人了！催着写作业，怎么催，她都不慌不忙，慢条斯理，总是拖到上学前一天晚上，才着急忙慌地恶补作业！我看着都想揍她！每次吼她，她都是满脸的不服气，高八度地冲我喊，找着各种理由为自己辩解，我看啊，还是罚得轻，吵得轻，打得轻！"

"俺家那个小家伙，好像就听不见你跟他说话！我说，吃饭了，他没有回音儿，照样我行我素地玩玩具！我说，把桌子收拾一下，他头也不抬，继续干他的事！我说，把什么东西拿过来，他一点反应都没有！我一气之下，逮着他狠狠揍了一顿！打改了！"

"我家那位小祖宗更不省心！前几天，这臭小子从他爸的钱包里'偷钱'，被他爸狠狠揍了一顿！这臭小子不但不改，还变本加厉，把他爸的钱包都偷跑了！把我们气的呀，浑身打哆嗦！他爸那臭脾气，哪里能饶得了他啊？干脆用绳子把那臭小子绑起来打！谁知道，这孩子不但没有被打服变乖，现在，彻底闹着不去上学了！"

朋友们轮番"痛诉"着家里那一个个不争气的孩子。她们那一副副气急败坏的样子，像是和孩子有什么深仇大恨。一开始，我也被朋友们的坏情绪所感染，也陷入她们与孩子的是否争辩中。可慢慢地，我觉察到，几位朋友每每说到气愤处，也都是高八度的嗓音，也都是憋得脸红脖子粗。不难想象亲子针锋相对的事发现场——当家长们直面眼前"可憎可恶"的熊孩子，身处当时"可气可恨"的场景中，一定比现在仅靠回忆勾起的坏脾气来得更猛烈吧！虽然，家长们口口声声地数落着孩子们的脾气坏，但我在她们的数落中，捕捉到了"吼""吵""罚""揍""打"等刺耳的关键词，一切因果缘由似乎显得越发清晰起来了。

❀说给家长❀ 坏脾气是亲子关系最强的杀伤性武器。坏脾气父母的思想教育往往会陷入一种奇怪的惯性——"吼"孩子没用，就得"骂"；"骂"的力度不够，开始"打"。可结果呢？父母脾气越大，孩子越顽劣；父母越气急败坏，孩子越难管；父母脾气升级，孩子的坏行为也跟着渐长。脾气不好，孩子就不敢亲近，不敢跟你敞开心扉，时刻处在担惊受怕中，没有安全感。孩子长期处在这种语言暴力和肢体暴力中，会越来越逆反，在他的成长中，就会出现各种各样的问题。人的成长是一个不断自我反省、自我纠错的过程，我们应尊重孩子享受这个过程的权利。家长们要多想办法，多与孩子沟通，多给孩子耐心、宽容和信任空间，允许孩子犯错误，允许孩子改正错误，允许孩子在自我觉醒中慢慢长大。

"说谎"不等于"坏孩子"

儿子放学了。

一天的脑力劳动和体力劳动的总和，足以让他表现得像一只饿狼一样。这不，刚进家门，他就绿着眼睛，猛扑向餐桌上已经备好的热乎乎、香喷喷的饭菜了。

还在厨房忙活的我，立即产生了条件反射："洗手去，饭前一定记着先洗手！"儿子的回答不假思索且爽朗而干脆："洗过了！"接着，这小子就狼吞虎咽地吃了起来。

看着正在长身体的儿子胃口这么好，我心里也满是欣慰。可是，当我走到洗手池前洗手时，却发现洗手池里没有一颗水珠。我顿时揭穿了儿子的谎言："你不是说洗过手了吗，到底洗了没有？"儿子被我的狮吼吓坏了，连忙放下碗筷，嬉皮笑脸起来："洗——洗——洗，我这就洗，妈妈别生气哈！刚才人家太饿了嘛！又不是什么大事！"

的确，也不是什么大事，洗完手就继续吃饭吧。

吃完饭，我问儿子："今天数学考试了吧，考得怎么样？在班里能排第几名？"儿子喜笑颜开，张口即来："考了九十九分，在班里排三名！""考一百分的有几人？"我追问着。"两人！怎么样，妈妈，我考得不错吧！我自己都觉得最近进步可大了！妈妈，您高兴吗？"儿子嘚瑟得找不到北。

我当然替儿子感到高兴，我也越发自豪地认为，儿子绝对属于后起之秀，后发制人。于是，我狠狠地表扬了他，还在他的小脸上，深深印了一个香吻。

说实话，儿子很喜欢看我开心的笑脸。

丁零零，我的手机短信似乎来得有点尴尬：亲爱的家长朋友，今天我们进行了数学测试，一百分五人，九十九分八人，九十八分十二人……请您根据孩子的情况，给予指导。谢谢！

那一刻，空气瞬间凝固。

儿子悄悄地回到他自己的房间，关上门，又开开门，说："妈妈，我要写作业了，别打扰我哟！"

我意识到，问题来了：短短一个小时，儿子就向我撒了两次谎。

✲说给家长✲ 心理学研究表明，说谎是孩子成长过程中的正常现象，其实，孩子在六个月大的时候，就会用"假哭"来欺骗家长了。孩子说谎的原因主要有：1. 认知偏差。三岁以前，孩子对事物的认知还不完整、不完全，有时候会出现思维偏差和假想。比如，孩子把以前发生的事，都说是昨天发生的；孩子去了趟动物园，非要说看见独角兽了。2. 害怕惩罚。孩子在说真话吃尽苦头之后，如考试成绩不理想，一旦挨骂、挨打、挨罚，就会为了逃避惩罚而说谎话。3. 讨好家长。孩子尝到了说谎可以得到表扬和奖励的甜头，知道了怎么做可以在家长那儿得到好处和实惠，就学会了用说谎的方式来"迎合"家长的需求，讨家长欢心。4. 模仿大人。生活中，大人在不经意间就成了孩子说谎的样板。比如，孩子生病时，不想服药，家长骗他说药不苦；不想打针，家长骗他说打针不痛。再比如，有人敲门找爸爸，爸爸不愿接待，就让孩子传话说"爸爸不在家"。5. 想象力丰富。有的孩子想象力丰富，描述事情时，常常掺杂着自己想象的场景、人物，说得绘声绘色，甚至无中生有。6. 搪塞对抗。孩子正沉浸在某件事中，对家长突如其来的打扰，或敷衍，或反感，都会以谎言的形式对家长进行搪塞和对抗。

对于孩子说谎，家长要冷静分析原因，不要鲁莽地给孩子贴上

"大骗子""坏孩子"的标签，要多与孩子沟通，了解孩子的真实需求，给孩子一次补救的机会，鼓励孩子做真实的自己。同时，家长也应该反思自己的做法，因为孩子的情感体验与父母的行为举止密切相关，家长只有端正自己的行为，认真了解孩子的心理，才能明白事由，对症下药。

姐弟有别

一家小吃店里。一位风风火火掌勺做饭的爸爸。一位性格泼辣记账算账的妈妈。一对性格待遇截然不同的姐弟。

姐姐上小学六年级。

弟弟则上小学一年级。

姐姐忙前忙后为顾客送菜端饭，收拾顾客走后的餐桌。

弟弟则趴在桌子上，很是享受地捧着手机看电影《功夫熊猫》。

姐姐因为没有理解清楚顾客的需求，遭到了顾客的埋怨，满眼泪花。

弟弟则死死地盯着手机屏幕，对妈妈"宝贝，吃饭了"的招呼，没有丝毫反应。

一家人开饭了。

姐姐安安静静地低头吃饭，像只小猫。

弟弟则大呼小叫，挥舞着手中的筷子，像个恶煞。

姐姐默默地往自己的碗里夹菜，小心翼翼地吃着。

弟弟则拼命地往嘴里扒拉妈妈夹到他碗里的菜，狼吞虎咽。

吃完中午饭。

姐姐开始收拾一家人的碗筷。

弟弟则开始追着姐姐又打又闹。

姐姐无可奈何地躲着弟弟的袭击。

弟弟则骂骂咧咧，对姐姐变本加厉。

姐姐干完家务，独自坐在凳子上发呆。

弟弟则开始享用妈妈为他切好的水果。

妈妈对弟弟说："饭后吃点水果，美味又健康！"

妈妈对姐姐说："喂完弟弟吃水果，你才可以休息！"

姐姐哄弟弟吃水果，耐心而平静。

弟弟则故意地把脸扭向一边，双脚胡蹬乱踢。

一位顾客开玩笑地说："你这位妈妈是不是太偏心了？"

妈妈说："因为她是姐姐，他是弟弟！"

爸爸说："因为她是女孩儿，他是男孩儿！"

本以为这样的场景应该发生在电影电视剧里，是导演有意杜撰和精心编排的，可没想到，这样的镜头竟然就那么真实地发生在眼前。不知为什么，心里突然觉得酸酸的。

✻说给家长✻ 同一个家庭，同一对父母，却培养出两个性格迥异的孩子。我想，除了孩子天生的秉性之外，教育方式也起到了决定性作用。我不知道，案例中的姐姐长期生活在这样"待遇反差"的环境中，会产生什么样的心态？她会怎么去理解自己的妈妈？她会怎么去看待自己的弟弟？她又会怎么去审视她自己？我们担心，姐姐会不会变得越来越自卑、冷漠、孤独、抑郁？说到这儿，我们也许会简单地认为，姐姐才是"受害者"。其实，我们也该考虑，弟弟会怎么理解自己的妈妈？他会怎么看待自己的姐姐？他又会怎么审视他自己呢？我们也同样担心，弟弟会不会越来越刁蛮、自大、任性、嚣张？我宁愿相信，案例中的姐姐和弟弟的生活状态之所以不同，仅仅是因为年龄差别的问题，与性别无关，与"重男轻女"的思想无关。我也十分期待，这个被百般呵护、溺爱纵容的弟弟，长大后也会像姐姐一样，顺理成章地担当起家里的重任，也会像姐姐一样，懂得忍让和宽容。

差　别

　　早餐店里，吃早餐的人还真不少。

　　我找了一个位置坐下，把零钱递给儿子，说："给我要一碗黑米粥、一个鸡蛋就行了。"儿子爽快地答应："好嘞！"接着，儿子就开始忙活了。他先给我点了餐，毕恭毕敬地端到了我的面前。他又给自己点了一碗胡辣汤和一张饼。随后，又极为迅速和熟练地把筷子、勺子、餐巾纸都拿了过来，工工整整地摆在了餐桌上。坐定后，儿子把找回的零钱交给我，并向我汇报着每样早餐的价格。九岁的儿子甚是懂事地忙前忙后，而我的任务呢，就是尽情地享受着眼前这个小暖男的温情服务。

　　这时，邻桌来了一对母子。妈妈很年轻，孩子六七岁的样子。妈妈给孩子找了一个座位，孩子一屁股坐下，跷着腿，上下晃着。妈妈问他："你吃什么，乖儿子？"儿子爱搭不理，说："随便！"妈妈继续追问："吃个鸡蛋吧？""不吃！我一听见你说鸡蛋，就想吐！"儿子拧着头说。"那就吃个素菜包子吧？""不！我要吃肉包子！""好好好，就吃肉包子，肉包子！再来碗南瓜粥吧？早晨喝点粥有益健康！""我最讨厌喝粥，你自己喝吧！"儿子噘着嘴，眼睛一瞥一瞥地斜看着妈妈。这位妈妈的脸上写满了"无趣"，也挂满了"无奈"。可令人费解的是，这位妈妈仍然表现得虔诚而大度。只见她一趟一趟地、十分勤快地、乐此不疲地把饭菜端到了"乖"儿子的面前，又把筷子和勺子小心地放在了儿子的碗里，再把餐巾纸叠得整整齐齐地放在了儿子的手边。做完了这些，妈妈才算是完成了"为人母"的使命，累，并快乐着。再看那个孩子吧，脸上的表情，分明带着一副欠揍的"熊样"。

❋说给家长❋　同样是来吃早餐，同样是一对母子，可角色的差别怎么就那么大呢?! 透过现象看本质，这种差别，归根结底是两个孩子从小受到的教育不同，成长的环境不同，从而形成了对人和事物的认知与态度的不同。我们常常感慨，孩子什么时候才能长大啊? 其实，这取决于我们什么时候把锻炼的机会让给孩子，什么时候把成长的平台留给孩子。当我们剥夺孩子体验和参与的机会时，就等于剥夺了孩子长大的权利。我们把孩子当"小孩儿"看，孩子自然会受到百般呵护和宠爱，一直保持着"小孩儿"的特性，对得起你给他贴上的"小孩儿"的标签；如果我们把孩子当"大人"看，孩子自然就懂得了责任与担当，努力把"大人"这张名片擦得更亮。

听不懂的故事

刚买了两件特"潮"的衣服，我整个人都沉浸在了"臭美"的喜悦里，全然忘记了身边的那个他——我儿子。

"妈妈，我给你讲个推理故事吧，看看你能不能猜出答案！"儿子讲故事时，总是迫切地需要我与他的"互动"。

"嗯嗯嗯，好啊，好啊！"心不在焉的我，心不在焉地回答着。

"有一个女盗贼，偷了一颗钻石，逃回家中。侦探追到女盗贼家，把房间搜了一遍也没有找到钻石。女盗贼若无其事地倒了两杯加了冰块的可乐，并偷偷地把钻石藏进了自己的那一杯可乐里，以掩人耳目，可是，侦探一眼就看出来了……妈妈，你猜猜，侦探是如何看出来的呢？"儿子故弄玄虚地讲着，露出了诡异的笑容。

"这件衣服嘛，搭上一双长筒靴，一定很漂亮……那件衣服呢，穿上碎花打底衫，一定相当有范儿……"一向对服装情有独钟的我，陶醉而痴迷地自我欣赏着，挑剔而精致地为自己乔装打扮着。

"妈妈！你猜出来了吗？侦探到底是如何看出破绽了呢？"儿子的问话，把我一下子拉回了现实。

"啊？你说什么？什么侦探？什么钻石？"我急促地回答着，其实，不知所云，"儿子，你再讲一遍吧！这个推理故事太难推理了，我希望你能再复述一遍。"我知道，我的三心二意一定会引起儿子的不满，可我这样的回答，自认为很是聪明绝顶，无懈可击。

"好吧！妈妈，这次，你要认真听，仔细想……有一个女盗贼，偷了一颗钻石……"儿子十分耐心地重复着同样的故事。

擦鞋子，洗衣服，收拾房间……好像自己忙的活儿才是正事，儿子那个小屁孩儿，他的那些小打小闹的事儿，根本就不是事儿！可以敷衍，可以搪塞，可以不予理睬，可以视而不见、充耳不闻。

"哦？不合乎逻辑啊！女盗贼把钻石放进杯子里干吗呢？这不是吃饱了撑的没事干吗？"我又是一番不着边际的回答。

"妈妈！你怎么答非所问啊！"儿子有点气急了。

我感觉情况不妙，话锋一转，像煞有介事地拍着脑袋说："等等，儿子，我好像听出了其中的玄机，你再讲一遍，我一定能像故事中的侦探一样，找到线索，查明真相！"

"妈妈，您为什么就听不懂这个故事呢？我再讲最后一遍！这次如果再不注意听，我就……"看来，儿子识破了我的诡计，觉察出了我的用"心"不专。我知道，根本瞒不住他，虽说还是个孩子，可感受是真实而不容欺骗的。

这次，我终于跟上了儿子思维的节奏："因为侦探看到了冰块是漂浮在可乐液面上的，可钻石却沉入了杯底。"

"答对了！妈妈，恭喜你！"儿子夸奖了我。可是，从儿子表扬的语气中，我还是读出了一点"失落"。

❀说给家长❀ 不是我们听不懂孩子的故事，而是根本就没有打算去听懂，或者说，我们根本就没有关注到孩子这个生命体的真实存在。我们要学会倾听，倾听孩子的心声，无须打断，无须补充，无须纠正，只是静静地倾听，只需亲子的共情，孩子就会有被接纳的感受，就会产生真实的存在感和价值感，于是，孩子的不良情绪得以梳理，糟糕的心情得以平复。

"闭嘴"也需要勇气

　　疯狂购物，正在进行中。

　　人声嘈杂的超市里，我用高分贝的嗓音为儿子讲解该如何选择经济实惠的物品，我大呼小叫地斥责儿子为什么没有想到去找一辆超市的小推车来帮忙，我气急败坏地数落儿子为什么只顾着自己挑选零食而不考虑全家人的生活，我指手画脚地指挥儿子该怎样去前台结账，怎样数清找回的零钱，怎样将物品分类装入购物袋，怎样把大兜小兜的东西按次序拎到车上……儿子在我的高度掌控中，像只高速旋转的陀螺，抽着转着，更像是一只没头的苍蝇，胡乱撞着。

　　车行至楼下，我开始犯难：一个弱女子和一个十岁男孩儿，这娘儿俩要把一袋大米、一桶食用油、一箱牛奶、一大壶洗衣液等重量级物品"拖拽"回家，确实显得"压力山大"。

　　因为刚才"疯狂"购物时超负荷的体力透支，当下的我，已经口干舌燥，声嘶力竭，实在没有多余的力气去"教"儿子该怎么做了。于是，我卸掉了"导演"的行头，极不情愿又无可奈何地当起了"观众"。

　　儿子先是打开车的后备厢，把物品一样一样地搬下来。此时，我想说："儿子，别忘了锁好后备厢……"可是话到嘴边，我忍住了。儿子把物品简单地在地上归拢了一下，随后就极为熟练地锁上了车的后备厢，一切显得那么自然和顺理成章。

　　接着，儿子向我要了家里的钥匙，默不作声地开始搬东西。此时，我想说："儿子，一次少拿一样，太重了会影响你走路……"可是话到嘴边，我忍住了。第一趟，儿子选了一箱牛奶和一桶食用油，也许是因为两样物品重量大致相当，有助于他行走中的平衡。此时，我想说："儿子，上楼梯时一定要注意脚下，千万别绊倒了……"话到嘴边，我忍住了。只见儿子小心翼翼地提着物品，迈着稳健的步伐，顺利到达三楼，拿出钥匙，开了门，把物品放进屋里。此时，我想说："儿子，家里没人，你要先把门锁上，然后再下楼……"可是话到嘴边，我忍住了。这时，只听"咣当"一声，家里的门锁上了，紧跟着就是一阵"噔噔噔"的下楼脚步声。

第二趟，儿子选择了一袋大米。此时，我想说："儿子，就搬这一袋米吧，很重的……"可是话到嘴边，我忍住了。只见他先测试了一下这袋米的重量，然后就十分努力地连拖带拽地走向楼梯。

最后，儿子满头大汗、气喘吁吁地来到我身边，伸出已经被重物勒得通红的小手，接过我的提包，拉着我的胳膊，搀扶我回家。

有谁知道，刚刚在我和儿子之间，发生了一件多么奇妙的事情：我学会了闭嘴，儿子学会了思考和做事。

✽说给家长✽ 我们总是不放心孩子自己去完成某件事，或者是习惯了把我们心里的担心与焦虑发泄出来，一股脑儿地全倒给孩子。对于孩子来说，过于频繁的指挥，过于琐碎的唠叨，都是一种干扰，只会让孩子变得逆来顺受，变得不会思考，不会做事。父母的指令一旦消失，孩子就会像断了线的木偶，失去行为能力。所以说，"闭嘴"是一种智慧，更是对父母敢不敢、想不想、愿不愿、能不能对孩子放手的"勇气"的考量。

最好的教育静悄悄

　　过年了。

　　吃完年夜饭，一家人围坐在一起，拉着家常，嗑着瓜子，吃着水果，剥着松子……其乐融融。

　　儿子也是开心极了，边看电视边尽享松子的醇香与美味。一个眼神递过来，好像有内容？再一看，原来，儿子的面前已经剥了一大把松子，一粒粒白嫩嫩又油光发亮的松子露出了得意的笑容。见此状，我也传递了一个眼神，暗示他把这份爱心成果献给他姥爷。

　　父亲今年八十岁了，手脚不太灵便，对于外孙的这份孝心，一定会好好激动一番的。而且，我相信，儿子也一定能领会我的意图，一定能遵照我的旨意，完成一件令我满意而自豪的任务。

　　可是，这个家伙，先是冲我狡黠地笑了一阵儿，接着，便以迅雷不及掩耳之势，将一大把剥好的松子倒进自己的口中。我，惊呆了！抽搐了！一颗脆弱的心啊，怎能承受如此大的颠覆和伤害！好一个没良心的家伙！

　　此时，如果我不顾儿子的感受，断然采用怒吼、训斥、指责的粗暴处理方式，儿子一定在全家人面前尊严扫地，颜面尽失，逆反心态也许会让他报复性应对，破罐子破摔。

　　我强压住内心的怒火与不满，在众目睽睽之中，我理智地选择了对儿子进行"静悄悄"的教育。不过，我看得出，儿子一定能读懂我眼神里的失望与愤怒，儿子也似乎等着我对他说点什么，可是，我倔强地保持了沉默。

我开始极为认真地一粒一粒剥着松子，动作熟练又迫切。我的脸上没有任何表情，一切的一切，都显得那么悄无声息，好像什么都没有发生过。

不一会儿，一把香喷喷的松子剥好了。我很仔细地把松子归拢在掌心，起身走向父亲。父亲小心地接过松子，一口倒进嘴里，细细地品味着，任凭眼眶里的热泪打转。

回到座位上，我又开始了下一轮的劳动。剥着，递着，吃着，幸福着。这一切显得那么温馨与自然，没有隐藏任何"刻意"的教育成分。

我的儿子，看着，想着，模仿着，尝试着。他又开始剥松子了，时不时地用鬼灵精的小眼睛瞄我一眼。我故作镇静，顾左右而言他，可心里却犯着嘀咕：这"静悄悄"的教育，究竟能不能奏效，就看这小子接下来的表现了。

果不其然。儿子如我期待的一样，把松子恭恭敬敬地递给了姥爷，又像我一样，开心地看着姥爷吃完。

我什么也没说，只是用眼神和他碰撞了一下，传递着一种叫作"原谅"的情感。儿子也是什么也没说，可是，他的行为发生了变化，有理由相信，他的内心一定是激起了波澜的。

"静悄悄"的教育之后，儿子意外地收获了全家人的啧啧称赞。可是，谁也不知道，在我和儿子之间，刚刚发生了怎样一个微妙的教育故事。谁又能否认，静悄悄之中，不会有教育的真正发生？

❋**说给家长**❋　最好的教育，总是在悄悄地进行着，没有造作，没有刻意，没有企图，没有功利，有的只是心灵对心灵的震撼、抚慰与唤醒。

比出了"自信"还是比出了"自卑"

一家夫妻小餐店。女儿今年上六年级，小小年纪，已经学会帮父母做生意了。

顾客上门，小姑娘马上热情招呼着："欢迎光临，想吃点什么？"顾客点了餐，小姑娘应声确认："好嘞！一碗砂锅面、一盘油炸花生米、一盘小葱拌豆腐……您先找位置坐吧！"接着，小姑娘就开始擦桌子、端茶水、拿餐具、上菜品……客人吃完饭，来前台结账，小姑娘自信地说："我已经算好了，一共三十六元钱，收您三十五元，优惠一元！"顾客满意出门，小姑娘笑声爽朗，"您慢走，欢迎下次光临！"

看着小姑娘如此娴熟地做事，如此热情周到地服务，如此乐观豁达的生活态度，我真是佩服至极。在为小姑娘点赞的同时，我的心里也不由自主地联想起自己儿子，并做了客观分析与比较：儿子今年十岁，上五年级，比小姑娘只小一岁，可是做事能力与小姑娘的差距是如此之大。我在反思自己的教育方式，也在考问为儿子创设的成长环境，更在怀疑儿子的学习能力、处世能力、生活能力、交往能力。我不由地用眼睛瞥了坐在身边的儿子一眼。他看似若无其事，可从他的表情里，我还是看出了"崇拜"和"惭愧"的元素。直觉告诉我，最好的教育莫过于自我教育，孩子能自己悟出来的道理，我便不再赘述。因为有时候，我们多说的一句话，可能会让教育的效果瞬间归零。

回家路上，儿子挽着我的胳膊，以一个小暖男的身份，温情存在于我的身边。

刚才小餐店里的一幕仍在我脑子里沸腾，小姑娘忙碌的身影仍清晰可见。这时，我一直在心里反复念叨却极力控制的一段话，终因我的一时冲动，脱口而出："儿子啊，你看人家那位小姑娘，和你年龄差不多大，现在都能替父母分担重任了，真是穷人家的孩子早当家啊！你呢，到现在还让爸爸妈妈为你操心，什么事都不舍得让你多干，怕你磕着、碰着，怕你苦着、累着，其实，这是在阻碍你的成长，就目前而言，你的社会适应力绝对没有那个小姑娘强，这样下去，你一定会吃亏的……"本以为儿子也会和我一样，为小姑娘的出众之举真诚点赞，也为自己的暂时落后而感到羞愧，从而找到差距，迎头赶上。可没想到，儿子却突然甩开了我的胳膊，堵着气说："她有她的优点，我有我的长处，干吗非要拿我的短板和她的长板去比较呢？如果你要是喜欢她，觉得她比我好，不如让她做你的女儿吧！我去睡马路……"

看着儿子发飙的样子，我真是哭笑不得。本想给儿子树立一个很好的榜样，岂料却引发了儿子的情绪不满，甚至波及了我们亲子间的感情。仔细想想，其实，我完全可以只表扬小姑娘，而不去揭露儿子的短板，只需为他树立榜样，而不用拿他和小姑娘做赤裸裸的比较。因为，儿子的小脑袋瓜里，已经对照着现实生活中的所见所闻，对自己进行了重新审视和定位，这种自我教育往往来得真实而奏效。

看来，我也需要修炼，需要陪儿子一起长大了。

❈说给家长❈　很多家长都容易犯这样的错误，就是拿自己的孩子和别人家的孩子做比较，结果，不但没有激发孩子进步的动力，恰恰相反，在客观上还会让孩子感到痛苦、自卑、委屈、窝火，从心底里厌恶家长，最终摧毁了孩子的自信，伤害了孩子的自尊，孩子可能会因此觉得自己真的"不行"。作为家长，如果真的要"比"，就引导孩子"自己跟自己比""今天跟昨天比""这次跟上次比"，哪怕是一丁点的进步，孩子都会找到自信并产生源源不断的成长动力。

所有的问题都是自己的问题

您熟悉这样的场景吗?

小孩子疯跑着玩,不慎碰到桌子角上,痛得哇哇大哭。家长赶紧跑过来搂着孩子,用手拍打着桌子说:"桌子真坏,把我们家宝宝碰疼了! 宝宝不哭了,我们一起打这个坏桌子! 看它还敢不敢再碰我们家宝宝了!"孩子听到这番话,可能会出现两种滑稽表情:一是因为家长为自己报了仇,解了恨,受伤的心灵得到抚慰,立即止住哭闹;二是更加委屈,更加号啕,好像家长一语中的,自己真的被桌子欺负和捉弄了一番似的。

现实生活中,类似的场景并不少见。孩子生病去医院打针,一直哭闹,家长安慰说:"医生阿姨真坏,把我们弄哭了,打她!"孩子学习成绩不好,家长气急败坏:"什么学校! 什么老师啊! 水平太差劲,素质更差劲!"总之,孩子一旦出现问题或遇到麻烦,家长们往往会替孩子找到一个冠冕堂皇的外部缘由,一定要为眼前的这个"果"找到一个外在的"因"。家长不舍得或不情愿直击孩子的自身问题,而是一味地怨老师、怨同学、怨学校、怨社会、怨所有能够怨得着的因素,唯独不怨自己的孩子。在这样的教育熏陶下,孩子会越来越恐惧医生、憎恶老师、憎恨他人,遇事怨天尤人,牢骚满腹。

生活中,我儿子也出现过"怨人式"的抱怨情绪,而我的一贯做法是:以其人之道还治其人之身——所有的问题都是自己的问题。

早晨,儿子上学迟到了,不停地埋怨我们为什么没有早点叫他

142

起床，害得他挨了老师一顿批评。我的答复是：你自己为什么不准备一个小闹钟？都上小学五年级了，为什么还没有形成自己的生物钟……所有的问题都是自己的问题！

儿子着急忙慌穿裤子，越着急越无法把成团的裤子展开，慌乱中还是把裤子穿反，于是又气急败坏地抱怨裤子太难整理。我的答复是：为什么你自己脱裤子的时候，总是图省事儿，没有整理好就撂到了一边，导致情急之中出乱子也是必然……所有的问题都是自己的问题！

儿子数学考试时，因为书写不规范，老师看不清一道大题最后的得数，扣了六分，他大喊冤枉和不公平。我的答复是：是你自己平时不注重练字，考试时才会犯如此低级的错误，我们曾多次提醒过你，你却当成耳旁风……所有的问题都是自己的问题！

儿子煞费苦心拼装好的玩具，被家里的宠物狗咬坏了，儿子心疼得眼泪直打转，抬腿就想对狗狗暴力相加。我的答复是：狗狗只不过是本能地对事物充满好奇心罢了，你自己为什么不把玩具放到一个狗狗够不到的地方……所有的问题都是自己的问题！

儿子的抱怨，都被我原封不动地“反击”了回去。儿子的坏情绪，也都在我“所有的问题都是自己的问题”的答复中得以平息，儿子逐渐学会了控制自己的情绪，学会了全面认识事物，学会了自我反思。

✲说给家长✲　“怨人式”的疼爱教育在生活中非常普遍，这种教育模式不仅无法让孩子学会忍耐与坚强，更容易让孩子养成困难面前逃避责任，问题面前推卸责任，不会全面看待事物，不会从本质上找原因，而仅从自身感受出发，一味“怨人”的偏执性格。荀子曰：自知者不怨人，知命者不怨天；怨人者穷，怨天者无志。如果孩子出现“怨人”倾向，一有不满就乱发脾气，这正是因为孩子还没有全面了解事物，思想还不健全，意志力还不坚强，我们家长应该引导孩子正确、冷静地分析事情的前因后果，引导孩子多从自身找原因，鼓励孩子有所承担。

时光漫步里的信任

时光漫步，是北京一家怀旧风格的咖啡店。

带儿子前往，不是为了享用咖啡，而是体味时光流逝的岁月。老式的缝纫机、笨重的大邮筒、二八式自行车、神奇的万花筒、掉漆的大茶缸、古老的旧钟表……对于我这个70后来说，每一样物品都承载着儿时的美好记忆，可是对于儿子这个00后来说，这里的每样物品都充满了十足的新鲜感。

一件件"古董"，诉说着历史，讲述着神秘，领着我们在时光的隧道里漫步。最后，我们还是被一个红砖砌成的书架吸引，不禁驻足。儿子小心翼翼地从上面拿下了一本《千古之谜大全》精装硬皮书，之后就坐在书架旁边的沙发上，饶有兴致地翻看起来，开始了他千古谜团的探索之旅。

儿子读书，和我不同。我是"阅"读，功利性的。他是"悦"读，享受性的。这点，我很佩服他，他总能全身心地投入到书籍中，不被周围的任何因素所打扰，而且时常会把思考的印记留在脸上。

正看着，儿子突然对我说："妈妈，这本书我可以借走看吗？""恐怕不行，这不是书店，没有相应的借阅制度……"我打消了儿子过于简单的想法。谁料想，我话音没落，儿子就抱着这本书跑向了咖啡店的营业员。

"阿姨，我可以把这本书借走吗？"

"你很喜欢它吗？"

"对，太喜欢了！"

"可我们从来没有外借过书籍呢！"

"阿姨，这样吧，这本书标价是四十九元，我买下它行不行？"

"呵呵，很抱歉，小伙子，我们不是书店，不卖书的！"

"那我交给你四十九元当押金行吗？三天之内，我一定会还回来的！"

"小伙子，看来你是真的喜欢这本书啊！好吧，阿姨就做主了，你可以免费把它带走，什么时候看完，什么时候把它还回来，我希望这个时限不要超过一个星期，因为，还有其他小朋友也喜欢这本书呢！"

"太感谢了，阿姨，您放心吧，三天之内，我一定来还书，不见不散！"

接下来的三天，儿子似乎着了魔，眼睛一刻也不想离开那本有着特殊意义的好书。所有碎片化的时间，都被儿子争分夺秒地搜集起来。而且，他也从来没有像对待那本书一样，小心翼翼，呵护有加。我知道，这不仅仅是兴趣的吸引，更是人与人之间信任的力量。

❀说给家长❀ 信任具有神奇的力量，它能让孩子的心灵变得清澈、温暖、有爱、勇敢、自信、坚强……我们的孩子，正如一棵棵小苗，在爱心的包裹里，在信任的滋养中，一定能健康而有力地长大。教育无须多言，无须雕琢，无须刻意，我们只需拿出更多的"信任"，呵护孩子对未知世界充满好奇的心，我们就自然会在坦然处收获惊喜，在潜移默化中听到教育的声响。这就是教育，静悄悄的，却于无声处响惊雷。

有话好好说

拖着疲惫的身体回家，觉得终于可以把忙碌了一天的心轻松地安放。可是，偏偏有人不让你那颗憔悴的心安全着陆……

刚进家门，我就看到儿子把脱下来的衣服和鞋子扔了一地，把吃完的零食包装袋堆了一桌子，当时，我的状态简直糟糕透了！

"儿子！你怎么又把零食的包装袋扔在桌子上，为什么不能及时扔到垃圾桶里？还有你的袜子，每次脱下来，总是扔在地上，就不能直接放进洗衣机？"

儿子被我的吼叫吓到了。

"儿子！我们不是已经分好工了吗？你负责每天将垃圾桶里的垃圾拎到楼下的垃圾箱里，你瞅瞅！你瞅瞅！咱家的垃圾袋里还能塞下垃圾吗？当初，你是怎么答应妈妈的？怎么扭头就忘了呢？"

儿子不声不响地开始行动了。

我的气儿似乎还没来得及消退，儿子的眼泪却来得真真切切："妈妈，我可以扫地，可以倒垃圾，可以把袜子扔进洗衣机里，可以整理好我的衣物……这些都不是问题！可是，妈妈，我很不喜欢你刚才说话时的'样子'！"

一语点醒梦中人：儿子不是讨厌我说话的内容，而是不喜欢我说话时的态度。

有这样一个故事：

一次，医学院临床专业的课，先生问道："大家想想，用酒精消毒的时候，什么浓度为好？"学生齐声答道："当然是越高越好啦！"先生说："错了。太高浓度的酒精，会使细菌的外壁在极短的时间内凝固，形成一道屏障，后续的酒精就再也渗不进去了，细菌在堡垒后面依然活着。最有效的浓度，是把酒精的浓度调得柔和些，润物细无声地渗透进去，效果才佳。"

故事说明一个道理：柔和有时比风暴更有力量，柔和是一种品质与风格。我们的声音柔和了，就更容易渗透到辽远的空间；我们的目光柔和了，就更能轻灵地卷起心扉的窗纱；我们的面庞柔和了，就更能流畅地传达温暖的诚意；我们的身体柔和了，就更能准确地表明与人平等的信念。

所以，有话要"柔和"说，有话要"好好"说。做个柔和的妈妈，让孩子沐浴爱的洗礼和滋养。

❈说给家长❈ 很多时候，孩子抵触的并不是我们的主观要求和事情本身，而是家长对孩子说话的语气、表情、态度。家长糟糕的情绪只会吞没客观事件和要表达的内容。换句话说，在坏情绪爆发的一瞬间，家长具体说了些什么，已经不重要了。一句话有多种说法，不同的表达方式会带来不同的教育效果。据研究，一句话产生的效果，语言占百分之十五，表情占百分之三十，人的状态占百分之五十五。可见，教育本质上就是一种状态，只要教育者的状态对了，随便说说，就是最好的教育。所以，对孩子要"有话好好说"，触动孩子的心弦，说到孩子的心里去。

给孩子一个做好事的机会

北京的公交车上，儿子陪我去北医三院看眼睛。

从始发站上车，最大的实惠莫过于"空位多"。

最近，眼睛不太舒服，戴了个墨镜，走起路来小心翼翼，给人传递着需要特殊照顾的信号。我坐在座位上，似乎也觉得坦然许多、踏实许多。

路途中，上车的人越发多了起来。所有上车的乘客，第一时间所考虑的估计都是同一个事儿：找空座儿。

我留意到坐在身边的儿子，眼睛不停地打转，似乎在寻找什么。

这时，从车前门上来一位老奶奶，步履蹒跚地行走在车过道上，和其他乘客一样，她开始找座位。儿子转过头来瞅了我一眼，我似乎从他亮亮的眼睛里读懂了什么。我冲他点点头，虽没开口，可儿子心领神会。

"奶奶，您坐这儿吧！"儿子的动作很麻利，像弹簧一样从座位上弹起来。

老奶奶乐呵呵地坐下，看着眼前这个十岁的小男孩儿说："真懂事的孩子！多大了？在哪儿上学？"儿子也十分热情地回答着。

突然，老奶奶有意识地张望了一下四周，提高了嗓门："这孩子将来肯定有出息！"

再看我那揣着小心思的儿子吧，脸上露出了极为丰富的表情，是自豪？是羞涩？是满足？是得意？还是……呵呵，恐怕都有吧！

过了几站，老奶奶要下车了。临走前，老奶奶拍了拍儿子的肩膀，脸笑得跟花儿一样。

儿子坐定后，一言不发，静静地等待着下一个"目标"的出现，默默期待着下一个故事的精彩上演。

眼科在医院的四楼，我和儿子准备乘坐电梯。

电梯下行至一楼，待乘客有秩序地走出电梯后，儿子便第一个冲进电梯，接着，他就虔诚地守在电梯里楼层开关的旁边。

乘客们都习惯性地喊着自己要去的楼层：三楼、四楼、六楼……儿子也极为热情地依次按下电梯按钮。

电梯门开始自动关闭。这时，一位阿姨着急慌忙地跑了过来，大喊着："等一等！"说时迟，那时快，儿子迅速按下开门按钮，电梯门又被迫而听话地打开了。

可能是跑得太快太急，这位阿姨在电梯里站定后，仍然气喘吁吁，不顾得说话。儿子轻声地问："阿姨，您去几楼呀？""啊？啊？我去——五楼，谢谢！这孩子可真懂事啊，从小就知道为别人着想……"

那一刻，电梯里的夸奖声也突然像电流一般快速传递，此起彼伏。儿子的脸上，顷刻间泛起了红晕。儿子的眼睛里，也闪烁着更加乐意为别人着想的善良的光芒。

❋说给家长❋ 孩子的心灵，纯洁得像块玉石。每个孩子，从心底里都有想成为一个"好孩子"的强烈愿望。如果这个愿望通过实际行动得以表达，来自周围环境中的评价又恰恰是积极的、鼓励的、认同的，那么"好孩子"的心理暗示就越发地被强化，孩子就自然会朝着"好孩子"的方向去发展、去成长、去塑造。如果来自周围环境中的声音总是"你真笨！""你就学不好！""你总是找麻烦！""你是坏孩子！"等消极的评价，孩子就会认为自己真的不行、真的很笨、真的很麻烦，从而否定自己，变得不自信，产生不健康或是不准确的自我认识。这样的心理暗示，一旦转变成自我暗示，就会对孩子身心各方面都造成不良的后果。俗话说，好孩子都是夸出来的。我们应该创造条件，给孩子做好事的机会，给孩子展示自己的机会，让孩子拥有自尊心和自信心，认为自己是个有用的人，让孩子成为一个乐观、开朗、能够积极应对艰难挫折的人，让孩子有信心，也有能力挖掘自己的潜力，解决学习和生活中的难题。

变了"味"的竞争

今天，听到了一个奇葩事件：

上小学五年级的孩子回到家，爸爸见她闷闷不乐，问她原因，孩子噘着嘴说："我的数学考了一百分……"爸爸疑惑不解："得了一百分该高兴才对啊！"岂料孩子却气愤地说："我生气是因为我的同桌也考了一百分！真该死！"

奇葩事件背后的原因，竟然是因为女孩儿的父亲为她树立了一个学习竞争对手：她的同桌。

听到这件事，先是觉得好笑，接着就陷入了沉思，再后来，我竟然不寒而栗。

由此我想起了另一个恐怖又可悲的事件。

昊昊的父母深知现在社会上的竞争日益激烈，于是为了不让自己的儿子在竞争中被淘汰，从小就运用各种方法鼓励昊昊竞争。而昊昊也很争气，没有辜负父母的期望，从小学到初中，每次考试成绩均在班上名列榜首。正当昊昊的父母自以为实施的鼓励措施发挥了功效时，没想到在儿子中考前夕却传来了不幸的消息。

原来，当天下午，昊昊的班主任宣读期中考试成绩，意想不到的是，昊昊这次考了个第二名，一向位居榜首的他怎么也不能接受这个现实，一气之下，他拔出随身携带的小水果刀，刺伤了超过他的那个同学的胳膊，扬长而去。

由竞争催生的嫉妒、仇恨心理，促使这个孩子做出了匪夷所思的过激行为。

无独有偶,以下事件更是骇人听闻。

2017年3月3日,某所高级中学校区宿舍内发生一起命案,一名学生持刀在其宿舍行凶,导致同宿舍的一名学生死亡,一名学生受伤。这三名学生成绩都很优秀,都是该校"尖子班"的学生。

行凶者性格内向,沉默寡言,不爱交朋友,在家和家长"聊不来",但平时没有和同学吵过架。死者生前性格开朗,两人没有发生过矛盾。那么,到底是什么原因激起了杀人者如此强烈的仇恨心理呢?

死者的母亲案发前收到班主任发来的短信,得知孩子新学期考试成绩为六百一十六分,班级第七名,寝室第一名,而行凶者考了五百六十分。行凶者曾向同学透露:家人给自己施压太大,以前成绩好时干啥都行,现在成绩下来了,回家一开电视,立马叫他学习,还经常拿他和别人比……

从短信中,我们似乎猜测出了些许原因。

❋说给家长❋ 当今社会,竞争越来越激烈,人们越来越认识到培养孩子的竞争意识和竞争能力的重要性。让孩子学会竞争,培养孩子的竞争意识和竞争能力成为当前家庭教育的重要内容。培养孩子的竞争意识,鼓励孩子参与竞争,对于孩子的健康发展具有重大意义。可问题是,很多父母只是简单盲目地让孩子和别人去"争"、去"比",没有让孩子理解竞争的真正意义;只关注到了孩子竞争的表象和结果,没有关注到孩子在竞争过程中应该具备的宽容心态和道德品质。对于孩子来说,情感体验的焦点全部聚焦在了竞争的结果上:胜,则扬扬得意、沾沾自喜;败,则痛苦万分、心生怨恨。孩子一味地认为竞争就是不择手段地战胜对方,竞争就是"置人于死地而后快"。于是,原本有益的竞争变了味道,甚至走向了歧途。尤其是家长的冷酷重压和指向性攀比,无疑是在孩子内心深处埋下了仇恨和嫉妒的种子,孩子兽性爆发的一刻,家长也被沦为了"教唆犯"。

孩子，我送你回家

从超市出来，拎着一大兜东西准备回家，忽被一阵声嘶力竭的哭声挡住了脚步。

一个两岁左右的小男孩儿，不停地跺着脚，张着大嘴，哇哇大哭："找妈妈，找妈妈……"本以为是哪位妈妈故意藏起来，教训不听话的儿子，可我看看周围，包括隐蔽的大树后面、墙壁后面、房屋拐角，都没发现我想象中那位妈妈的身影。再看那个小男孩儿，哭得那么真实又那么无助，我意识到：孩子可能真的找不到妈妈了！

我连忙走了过去，蹲在小男孩儿的面前，轻轻地问他："小朋友，你是不是找不到妈妈了？"谁知小男孩儿更加号啕起来，恐惧中又掺杂了很多的委屈。看着他鼻涕眼泪挂满了小脸，额头上大颗大颗的汗珠不停地顺着脸庞流淌下来，我又着急又心疼。我急忙从包里拿出了一张纸巾，帮他擦干净了小脸，边擦边说："不哭了，不哭了，再哭，你就更找不到妈妈了……"这一招还真灵，男孩儿不哭了，开始哽咽着打量着我，眼神里充满了期待和信任。我安慰他："小朋友，别害怕，阿姨帮你找妈妈，好吗？"小男孩儿点点头。

"你是和妈妈一起出来玩的吗？"小男孩儿摇摇头。"妈妈是不是让你在这儿等着她？"小男孩儿还是摇摇头。"你家在哪里呢？离这里远不远？"小男孩儿用小手指了指前方。我领会了，应该不会太远，因为这儿就是一个家属区。"孩子，你帮阿姨指着路，阿姨送你回家，好不好？"小男孩儿用力地点点头。

我给小区门岗的师傅讲明了情况，留下了我的姓名、单位、手机号码，并告诉他们，如果孩子的家长来找孩子，就马上打我的电话。门岗师傅说："孩子真幸运，遇着好人了！"

一路上，我拉着孩子的小手，不停地跟他说话，不让他害怕。按照孩子指的方向，我们向小区里走了一百多米远，突然，从前方急匆匆地跑来了一个七八岁的小女孩儿，手里拿着一块雪糕。

小男孩儿看到女孩儿，立刻喊了一声"姐姐！"小女孩儿噙着眼泪说："我领着弟弟出来玩，他走着走着就开始哭闹，不走了，我怎么哄都不管事，我就想给他买块雪糕，哄他回家……"

本想狠狠数落这个姐姐一番，可是我发现，她也只是个孩子。我拍拍小女孩儿的肩膀说："好了，算是有惊无险吧！你跑这么远给弟弟买雪糕，如果他被坏人领走了，你可能就永远见不到弟弟了……"

女孩儿抹着眼泪，牢牢地攥着弟弟的小手，弟弟拿着雪糕，静静地依偎在姐姐的身边。

看着姐弟俩的小小身影，我的心里，是欣慰？是庆幸？是埋怨？还是担忧……

孩子，你很走运，阿姨不是坏人。

❋说给家长❋ 在我们身边，因为父母的疏忽大意而导致孩子发生安全事故的案例不胜枚举。任何安全事故，都不是我们想让其发生的，也都不在我们的预料之中。父母是孩子的监护人，保证孩子的健康和安全是父母的职责。作为父母，应该提高安全防范意识，多学习一些安全知识和技能，消除孩子身边的安全隐患。尤其是对于未成年的孩子，自保自救能力较弱，父母更应该多一份思考，多一份关注，多一份警醒，多一份提防。

闭着嘴说话

毛毛虫工作坊本期研讨主题是：怎么说，孩子才会听？

我习惯性地趴在电脑前，噼噼啪啪地敲动键盘，为我的发言准备讲稿，制作课件。

儿子，静静地坐在我旁边，趴在一张试卷上，正奋笔疾书。

这也是惯例：儿子和我各忙各的，都为做好自己的事情拼尽全力。

一番努力过后，儿子圆满完成任务，长舒一口气，起身抖动着身体，舒活舒活筋骨。

我则还在思考：怎么说，孩子才会听呢？是温柔地说，是严厉地说，是专制地说，是民主地说，是带着感情色彩说，还是晓之以理地说？

思绪飘忽不定，结论尚未定夺。

觉察到儿子已经做完作业，我的思路再次被迫"出轨"，我的话匣子再次主动打开："儿子，做完作业，稍事休息，放松一下就行了……接下来，你可以再看会儿书，练会儿字，吹会儿萨克斯，等任务都完成了，就可以去操场上踢会儿足球……你呀，必须得有一项体育爱好，只有这样才能拥有一个好身体……人生啊，有两件事最重要，一个是读书，一个是锻炼……"

"我知道了，妈妈，别再唠叨了行不行？"儿子打断了我的好心说教，好奇地走到我跟前，看我在干什么。

当他看到电脑屏幕上赫然写着的话题"怎么说，孩子才会听"时，他一屁股坐在我的腿上，小手开始在键盘上练习"一指禅"，不那么熟练的动作，却敲出了至今都令我铭记于心的一句话：闭着嘴说，孩子才会听！

我恍然大悟：没想到，绞尽脑汁地想思路，挖空心思地找办法，都不如孩子内心最真实的声音来得更加明了与奏效。

记得一个课题组在一千名中学生里做了一个家庭教育问卷调查，其中有一个题目是：你最不喜欢你妈妈的哪种行为？调查结果显示，有五百五十位学生首选了同一个词："唠叨。"

❋说给家长❋ 唠叨，就是漫无目的地说个不停。通俗点讲，唠叨，就是反复说着一些"正确的废话"。很多父母出于对孩子的关注和关爱，不自觉地把道理讲了一遍又一遍，每天都在对孩子重复着一大堆正确的废话。唠叨，出发点是好的，内容是正确的，可为什么孩子对唠叨表现出如此强烈的反抗呢？因为，说得多了，道理就失去了它的本来面目，而变成了一种噪音和坏情绪。在父母的唠叨声中，孩子无法进行独立而安静的思考，无法进行情绪的梳理和管控；在父母的唠叨声中，孩子要么表现得急躁不安，要么对父母的话语置之不理，要么变得更加麻木不仁，要么干脆被父母"逼疯"，选择离家出逃。"嘴巴"的品质是"耳朵"培养出来的。父母要修炼自己的教育状态，少一些唠叨，多一些倾听，实现"闭着嘴说话"，只有这样，才能得到孩子心灵的呼应，才能赢得孩子的尊敬。有时候，"闭嘴"是对孩子最好的回答。

谁来为孩子的人生托底

难得周末，我和儿子决定奢侈一把，花大块的时间去享受生活。于是，串串火锅店，走起！

攒了一个星期的馋劲儿，终于在这一刻得以释放。不得不承认，人在空腹的时候，总觉得自己具有超大的"肚量"，看着每一样菜品都长着一副诱人的模样……不知不觉，几十根串串迫不及待地从冰柜里窜出来，贪婪地钻进我们餐桌旁的篮筐里。

我和儿子，你一串土豆，我一串豆腐，你一串菜花，我一串菠菜，你一串蟹排，我一串虾饺……我们娘儿俩吃得那个过瘾啊！老板娘在一旁，更是乐得合不拢嘴。

半个小时过去了，我和儿子拍着滚圆的肚皮，慵懒而满足地靠在椅子背上，露出了傻傻的笑容。

突然，我发现菜篮筐里还有好几串菜呢！唉，实在是吃不下去了，怎么办？带回家，还是留在这里？反正也没吃，干干净净的，要不……

"儿子，你去问问阿姨，能不能把没吃完的串串退掉？"

儿子也有此意，起身去前台询问。可他没走两步就回来了，因为，他看到冰柜上醒目地写着几个字："菜品出柜，一概不退。"

仅存的一丝希望瞬间破灭。我看了看周围没人，脑子里竟然闪过一丝不该有的杂念：让儿子把剩下的没撸下来的串串神不知鬼不觉地放回冰柜。

可是……

如果那样，不就是明摆着在教儿子欺骗他人和投机取巧吗？看似一件普通的小事，却给孩子传递着一个极为错误的信息。

再往"坏"处想……

如果被发现，儿子就会陷入尴尬和难堪的困境，或许，从此以后，他的内心就被贴上了不讲诚信又遭人歧视的标签，而这种伤害，儿子一定承受不起。

不忍也不敢再往下想了。

那一刻，脑子里只剩下一个词——规则。就像我们经常告诉孩子"红灯停绿灯行""过马路走斑马线""电影院里不大声喧哗""公共场合不随手扔垃圾""不随地吐痰""坐车要买票"等等，这就是"规则"。火锅店冰柜上张贴的"菜品出柜，一概不退"，不正是这家店里的规则吗？

儿子似乎读懂了我内心的纠结与挣扎，先行开口了："妈妈，我们把剩下的菜打包带走吧！如果放回冰柜，别人吃着就不放心了！我们选菜时，当然也不想拿到其他顾客剩下的菜呀！因为我们不知道出了冰柜的串串会有怎样的命运呢。再说，我们也不会浪费啊，明天早晨可以把这些菜炒着吃嘛，也是很有营养的早餐呢！"

我彻底无语，只觉得浑身麻酥酥的。

❈说给家长❈　生活中，有很多规则需要我们自觉去遵守。当我们对"人走楼空却垃圾一片"的现象抱怨不停时，当我们对"插队不排队"的行为嗤之以鼻时，当我们对"驾车过程中开窗扔物"的做法深恶痛绝时，我们有没有想过，很多时候，我们自己也在有意或无意地打破着规则，而且还不厌其烦地鼓励孩子去冲破规则的底线。过马路时，拖着孩子一路冲刺红灯；上电梯时，拉着孩子也要用手撞开正在关闭的门；看节目时，怂恿孩子挤进人群，抢占最佳位置……在精明的大人看来，教会孩子这些漠视规则的"生存技

158

巧"，是最好的人生经验。我们一直告诫孩子要诚实、守信、善良、真诚，而我们自己却在一些蝇头小利和小便宜面前，把这些可贵的品质全然忘记！试想，身为父母，如果都不能充当孩子的降落伞，又有谁能为孩子的人生托底？

别 理 他

又遇紧急任务，这不，我和老公又挤在同一间办公室里，加班！

在我们的"威逼利诱"下，儿子也不得不带着坏情绪，跟随来到办公室。

说实话，没空陪儿子去做他想做的事情，我们也深感愧疚。

儿子想看电脑，被我拒绝；他想玩手机，被他爸爸阻止。他最喜欢的电子产品，此时都不能如他所愿，尝不到甜头的小家伙，开始故意找碴儿了："你们加班，我干什么啊！真无聊！真没意思！简直是在浪费我的生命！简直是在慢性自杀！简直是在谋财害命……"（呵呵，这些无厘头的抱怨，都源自他的口头禅：浪费别人的时间等于谋财害命，浪费自己的时间等于慢性自杀。）

知道小家伙此时此刻憋着一肚子委屈，知道他想用这种我们不愿接受的方式去发泄他心中强烈的不满，以争取到我们对他更多的关注。

可是，看着他一副无所事事、怨天尤人、牢骚满腹的样子，我们发火也在情理之中：难道离开电脑、电视、手机这些电子产品，你就无事可做了吗？难道爸爸妈妈忙工作，没时间陪你，你就可以喋喋不休、无理取闹吗？不体谅父母的辛苦劳累，不懂得对他人宽容和谦让，凡事只考虑自己的情绪体验，不顾及别人的感受，一味地自私、任性、乱发脾气……

但终归，这些伤人的话，我们还是理性地憋住了。所有的语言交流都交给了"眼神"来处理。

那一刻，老公的眼神里，我看到了抑制不住、即将奔涌而出的火气怒气，为了阻止战争的爆发，我也及时用眼神对老公进行了安慰和劝导："别理他，等等看，看儿子究竟想干什么，他又能干什么。"

这让我想到了一幅滑稽可笑的视频画面：小孩子在父母面前故意摔倒，大哭大闹，想引起父母的关注；父母不理，若无其事地绕开，孩子迅速爬起来，追上父母后，又故意摔倒，哭闹不止；父母再躲起来，孩子再爬起来，继续找父母，继续摔倒哭闹……试想，如果父母妥协了，扶起并安慰哭闹的孩子，那么，下次孩子一定会继续得寸进尺。可是，如果父母"不理他"并与他抗衡到底，结果一定是孩子被折腾得精疲力竭。那么，下次呢？估计，没有下次了！

镜头拉回到此时此刻。这间小小的办公室里，三个人，表面不露声色，内心暗潮涌动。

天气晴好，风平浪静。我和老公继续"旁若无人"地忙活着。

那个小家伙意识到从我们这里得不到任何的同情和怜悯，当然，他也能体会到，此时此刻我们拼命工作的态势可以压倒一切。无奈之余，他开始尝试着思考自己的事情。

他一会儿在书柜里翻翻、看看，选了一本书，坐在沙发上读起来。

看累了，他就来几招自由式的武术，嘴里还"突突突"地配合着杂乱无章却自得其乐的动作。

玩累了，他就凑过来，看看我们在干什么，聪明的他，没有要打扰的意思，只是看看。

一会儿，他又饶有兴致地跑出去踢球，和几个新结识的朋友聊聊天。

又一会儿，他一身臭汗地回来后，自己冲了一杯蜂蜜水，又煞是懂事地为我们冲上两杯热腾腾、香喷喷的咖啡。

接着，他又找了一本书，静静地看了起来……

所有的一切，似乎发生得太过自然而安然了。看似"静静"，可心中满是窃喜。谁能想象到，一个小时前后，这间办公室里的事态发生了怎样的巨变呢？

❀说给家长❀ 生活中，孩子经常会因为某些事情不称心而爆发坏情绪，此时，我们应该做的不是"对着干"，而是"不理他"；不是"硬碰硬"，而是"冷处理"。孩子正在气头上时，我们一定要保持冷静，等一等，再等一等，创设安静的氛围，为孩子降温。待孩子的情绪稳定后，自然会去思考一些问题。兴许，你只需忍一忍，等一等，静一静，停一停，孩子自己就完成了自我教育和调整。对于孩子来说，这就是成长；对于父母来说，这就是智慧。

妈妈喜欢奖杯

外出学习，和我同行的是一位幼儿园园长。一路上，我们始终保持着高度一致的话题：教育。

她告诉我，有一次她去听一位幼儿老师的课，课堂上发生的一幕，至今令她记忆犹新。

那一天，幼儿老师给孩子们讲了一故事，故事的大概内容是：小刺猬、小兔子、小花猫一起比赛划船。小刺猬划得最快，一路领先。小花猫和小兔子在后面，拼命地追呀追呀！为了减少一个竞争对手，小花猫竟然动起了歪心眼，故意把小兔子推到河里，自己快速向前划船……

这时，老师问孩子们："如果你是小刺猬，你会继续向前划船，去赢得金灿灿的奖杯，还是回过头来去救小兔子呢？"

全班三十个孩子，二十七个都选择了回来救小兔子。理由是：朋友之间的友情最重要；生命最珍贵；不能只顾自己而不考虑别人……

当然，还有三个孩子选择了继续前行，去争夺第一名，赢取金灿灿的奖杯！

老师问其中一个孩子："你为什么不去救小兔子呢？"

孩子说："老师，我不会游泳，我怕水！"

老师笑了笑，知道这是来自幼儿内心最本能的想法。

老师又问另一个孩子："你为什么不去救小兔子，而是继续向前划船呢?"

孩子说:"金灿灿的奖杯很漂亮！得第一名很光荣！大家会表扬我，夸奖我!"

老师又笑了笑，理解孩子渴望成功的真实情感。

接着，老师又问最后一个小女孩儿:"你为什么不去救小兔子，而是要继续比赛去赢得奖杯呢?"

孩子先是闭口不答，最后竟然支支吾吾地说:"因为，妈妈喜欢奖杯!"

老师又笑了，只是笑得不那么自然，笑得若有所思罢了。

一个幼儿园的孩子，对其"人性"进行过早的判断，似乎显得有点滑稽可笑，但可以想象出，这个十分顾及妈妈感受的小女孩儿，一定是个听话、顺从、懂事的孩子；也能想象出，小女孩儿口中的这位"喜欢奖杯"的妈妈，在教育孩子的过程中，一定是过多地流露出对"荣誉"的在意与关注，而且，妈妈的这种功利思想已经多么根深蒂固地影响到了孩子，才会让孩子在面对全班二十七位小朋友都选择去救小兔子时，仍然坚持站在了另一边。

❋说给家长❋ 也许，孩子对荣誉并没有过多的思考和追求，只是因为父母喜欢，父母渴求。现实生活中，很多孩子把自己弄"丢"了，变得不会思考，不会判断，缺了灵魂的躯壳里，只剩下简单的听话和顺从。父母的意愿和想法，轻而易举地占据了孩子的头脑，掌控着孩子的行为。这样的孩子，思维是僵硬的，头脑是简单的，心理是脆弱的。长大了，也会思想麻木，缺乏自信，人云亦云，不堪一击。父母真的应该放一放手，逐渐淡出孩子的灵魂世界，让孩子多为自己思考一点，让孩子活出他们自己的样子，活出他们想要的样子。

声东击西

儿子去操场上踢球。

不一会儿，他大汗淋漓地回来了。一身臭汗的同时，好像兜里还装着个事儿。

"妈妈，妈妈，有个好笑的事情，你听不听？"我知道，即便是我不想听，他也一定是要说的，"我和壮壮刚才去踢球，碰巧操场上有一支足球队在训练。足球老师看我们两个人踢得还不错，就十分热情地问我们是从哪里来的。当时，我还没来得及回答，壮壮就不冷不热地说，他是从地球来的！老师又问我们是哪个学校的学生，我说我是实验小学的，你猜壮壮怎么回答的？哈哈，他说，他是濮阳一个名牌学校的！老师又问，你们叫什么名字？我说我叫杜文正，你猜壮壮又怎么说？哈哈，他说他叫人，不叫动物！"

看着儿子如此兴奋又略带羡慕地描述着当时的场景，我有种不祥的感觉：一是壮壮对老师很不尊重，表现出故意挑衅或戏弄之意，这种敌意行为发生在一个十岁孩子的身上，不管是有意还是无意，都着实令人担忧；二是从儿子刚才说事儿的那个激动劲儿来看，我觉着，东施效颦，也是迟早的事儿。

为了把儿子的这种"邪念"消灭在萌芽状态……

"壮壮真是太不像话了！怎么能那样回答老师呢？分明是对老师的挑衅！这种没大没小、不尊重师长的做法，实在令人憎恨！这正是缺乏教养的体现！我觉得，你……你就不是这样的孩子！你一向

165

很尊重父母，很尊重老师，和同学们又能友好相处。我相信，你具有自己的是非观和判断力，知道哪些做法是正确的，哪些做法是错误的，哪些是应该提倡的，哪些是应该坚决反对的，我相信，你能够明白和识别什么是真善美，什么是假恶丑……"

双关性的点评，一股脑儿倾倒出来，甚是觉得过瘾。这时，有根神经突然提醒我，应该关注一下儿子此刻的表情了。我的眼一斜，咦？这小家伙儿没有运动，怎么又是一头汗珠子呢？

呵呵，热烈祝贺教育目标的圆满达成！

❀说给家长❀ 当我们敏锐地觉察到孩子身上的不良苗头时，如果采取直截了当的所谓"预见性"的批评，孩子可能会强烈不满："你怎么知道我会那样做呢？你怎么就把我想象得那么坏呢？原来我在你心中就是这么一个丑陋的形象啊！"如此一来，孩子可能会产生"敌对"情绪，稍不注意，我们就会在孩子内心深处种下"恶"的种子，并由此引发孩子产生一系列的连环性犯错，那是因为：教育错了的孩子，比未受教育的孩子离智慧更远。而如果把"预见性"批评改为"声东击西"的教育方法（解释："声东击西"指造成要攻打东边的声势，实际上却攻打西边，是使对方产生错觉以出奇制胜的一种战术），不但能清晰表达我们对某个事件的看法，又能不动声色、不露声响地纠正孩子潜在的错误思想，在孩子的是非观发生动摇的那一刻，及时唤醒他们，帮助他们悬崖勒马。这种方法的巧妙之处是：在维护孩子自尊心的同时，又在孩子的心里狠狠地"拧"了一下。

翻转教育

儿子的成绩，一直处于班级中等水平。我很少刻意地去追求他考高分，也从不会因为他成绩暂时不那么"优秀"而苛责他。

最近，儿子的班主任两次把我"请"过去谈话了。

老师的话，我一向是极为用心地去听、去记的。老师对儿子的评价是：聪明，但缺乏管教；老师对我的评价是：忙，顾不上管孩子。

老师说：孩子现在上小学五年级，毕业班啊！小升初的关键时期，大家都必须紧张起来……我知道，这里说的"大家"，包括老师、家长和孩子。

老师很"吓人"地给我描述着初中生活如何的紧张，学业负担如何的繁重，卷子的数量如何的惊人，学习的压力如何之大！毕竟，我也是"过来人"，所以，我听着也是觉得怪"吓人"的。

老师对我的"教育"，可谓立竿见影。因为，一回到家，我就马上把这些内容一字不漏地，不对，应该是添油加醋地说给儿子听。

可哪里想到，教育的功效怎么就发生了一百八十度的大翻转呢？

儿子的一番话，至今想起来，都让我浑身一阵阵的痉挛。

"妈妈，初中应该是很美好的啊！为什么你们都把初中说得那么恐怖呢？为什么一定要用这种形式吓唬我们呢？我们班很多小伙伴都盼望着升入初中，到时候还能分到一个班，还能在一起快乐地生活和学习。中学阶段，我们是必须要面对的，也是必定会经历的，

167

与其让我们战战兢兢、紧紧张张地向前走，还不如让我们自信满满又期待满满地迈进中学的大门……"

这是儿子说的话吗？这是"被教育者"说的话吗？

信或不信，儿子的话都那么赤裸裸地在那儿摆着，如同一根根皮鞭，狠狠地抽打着一个具有母亲和教师双重身份的教育者的心，而这颗心，在孩子面前显得是多么焦虑、残酷、虚荣和功利啊！

❋说给家长❋　当今社会竞争激烈，这让很多人陷入了恐慌。"不让孩子输在起跑线上"的口号，曾一度影响了众多家长。"万人过独木桥"的高考形势对老师和家长观念的冲击更是不言而喻。于是，大人们开始焦虑，而且还不忘把焦虑转嫁给孩子，担心孩子一旦活得舒坦，过得轻松自在，就会丧失斗志，安于现状，停滞不前。其实，让孩子健康快乐地成长和幸福美满地生活，不正是我们教育的出发点和归宿吗？不也正是我们家长和老师共同期待的吗？可有时候，走得久了，就忘记当初为什么要出发。在当今"压力山大"的快节奏年代，让孩子拥有一个积极乐观阳光的心态，让孩子对生活充满美好的憧憬和向往，就显得尤为重要了。成长路上，会遇到各种各样的艰难险阻，消极、悲观的人满眼看到的都是"不可能"和"做不到"，而自信、自强的人才能一路欢歌，在挑战"不可能"中创造自己人生的奇迹，坚定地走向更为出彩的远方。

"吃" 出来的教养

买了一瓶黄桃罐头，儿子一进家门，就迫不及待地把它打开。当然，凭儿子的小身板和小智慧，他也是煞费了一番力气和苦心。许是来之不易，许是饿了渴了馋了，儿子十分麻利地把第一口鲜嫩多汁的黄桃果肉，想都没想，就送入了自己口中，那种贪婪和享受的表情，看得我啊……真想揍他！

记得，小时候（其实，儿子现在也不算大龄，刚满十岁），儿子不管有什么好吃的、好喝的，总是十分虔诚地（或者说是屁颠屁颠地）把第一口送进我的嘴里。那时的我，感觉好幸福。

可是，我不清楚，究竟从什么时候起，儿子开始忘却这份应尽的孝心。是儿子变了吗，是儿子长大了吗，是儿子多了几个心眼，是儿子开始变得有私心了吗，还是……亲情，降温了？

我有点难过，因为我觉得，儿子变了。可是，在惆怅和酸楚中，我还是做好了晚饭。

儿子在看书，津津有味，如痴如醉，废寝忘食。

看着儿子读书学习，刚才的气儿顿时消了一多半。我大喊了一声："吃饭了，小伙子！" 可这个小家伙没有丝毫反应。

为了引起儿子的注意，勾起他吃饭的食欲，我亮出了最后的法宝："你再不过来，好吃的东西都被我吃完了！" 然后，我就故意让碗筷发出噼里啪啦的声响，有意制造 "抢食儿" 的氛围。

这一招还真管用！其实，这一招，一直很管用。

儿子跑了过来，屁股还未落定，就已经开始拿着筷子往嘴里扒拉。

我此时也不甘示弱，像真是要跟儿子抢食一样，快速地舞动着筷子。不过，我每次都是从盘里夹出一点点菜，夸张了夹菜的速度和次数，渲染了"抢食儿"的氛围，而已。

这不很正常吗？为了让孩子多吃点，估计很多家长都采取过这样的措施，不为别的，只是为了哄孩子吃饭。

可是，如此一来，儿子内心便形成了这样一种意识：饭，是要抢着吃的，不管和谁，包括自己的父母。

于是，开头发生的一幕，就不足为奇，也不足为怨了。

❋**说给家长**❋　故事中，这种故意和孩子抢食儿的"聪明"之举，表面上看是为了哄孩子吃饭，可实则是在教育孩子一步步远离亲情和感恩。关于孩子的吃饭问题，已经成为困扰很多家长的头疼事。可怜天下父母心，哪个父母不希望自己的孩子能吃得营养、吃得科学、吃得健康、吃得开心。为了让孩子吃好饭、多吃饭，家长们使出了浑身解数。可是，就在餐桌上，孩子的情感态度价值观悄然形成。奖励式吃饭——让孩子觉得吃饭是别人的事情，我表现好了，应该有奖励，这样一来，孩子吃下去的不是饭菜，而是计较和功利；强迫式吃饭——让孩子觉得吃饭是一种压力，表现不好是要受到批评和惩罚的，这样一来，孩子吃下去的不是饭菜，而是逆反、敌对和坏情绪；自私式吃饭——让孩子觉得吃饭就是填饱肚子，只要吃得自由、吃得尽兴、吃得欢畅淋漓就足够了，至于填饱肚子之外的成分，根本无暇顾及，这样一来，孩子吃下去的仅仅是饭菜，而且是没有温度和温情的饭菜。所以说，孩子的教养，往往体现于餐桌，也形成于餐桌。

谁弄丢了孩子的孝心

忙活了一整天，回到家，感觉特别累。简单地洗了脸，刷了牙，泡了脚，准备睡觉。

儿子写完作业，从房间出来，神秘兮兮地说："妈妈，今天老师给我们布置了一项特殊的作业，您猜是什么？"我少气无力地敷衍道："给妈妈洗脚？""哈哈，答对了！就是给您洗脚……"儿子由衷地夸奖着我心不在焉的回答。没想到，我又猜对了！

印象中，老师已经不止一次地布置"给妈妈洗脚"这项雷同的作业。虽然我明白老师的用意：培养孩子的孝心，教育孩子学会感恩。可是已经躺在床上如摊烂泥的我，实在是没兴趣，也没力气去配合儿子完成这项作业了。

本想说"我已经洗过脚了！"可话刚到嘴边，我又咽了下去。因为，曾经发生的一幕，是那么让我刻骨铭心，就是那一次，我弄丢了儿子的孝心。

饭桌上，五岁的儿子突然挥动筷子，把一撮油乎乎的白萝卜丝摇摇晃晃地送到我嘴边，看着菜汤顺着筷子滴滴答答地流到桌子上，甚至还甩到了我的衣服和胳膊上，我下意识地往后撤身，并伴随着一声刺耳的尖叫："哎呀！小祖宗，你干吗呢！吃饭的时候，不要把菜夹来夹去的，你自己吃就行了，妈妈自己会吃！你看看，你把桌子弄脏了，还把菜汤弄到了妈妈的身上！你知道吗？这些油滴儿弄到衣服上，洗都洗不掉！"儿子被我强烈的第一反应吓坏了，赶紧把手缩回去，把小身子蜷缩在椅子上。蘸满了爱心的白萝卜丝，最终还是泡在了伤心里。

儿子脸上的失落浸透着委屈。正在萌芽的小小的自尊，被我一个不经意给无情地扼杀掉了。在之后很长一段时间里，我总觉得再想让儿子给我夹菜，都变成一种奢望了。

镜头拉回到眼前。

看着儿子满脸的诚意，我意识到事情并没有那么糟糕。那一次的伤害，也并没有不可涂改地刻进儿子的记忆。我幡然醒悟：原来，尽孝也需要创造机会。

"好儿子，妈妈正觉得腰酸背痛、浑身乏力呢！如果你能帮妈妈洗脚，再给妈妈捶捶背、揉揉肩，那我就太幸福了——"我故意把"幸福"两字拖长了声音，也把那份对儿子尽孝的渴望和感激表达得淋漓尽致。

我想，儿子一定是找到了强烈的存在感和价值感，他开始不知疲倦地烧开水、接水、调水温、端盆、找鞋、拿毛巾，而我需要做的，就是十分惬意地享受着儿子极为用心的感恩方式。我知道，儿子的这份孝心很珍贵，我也知道，这份孝心是需要我用心去浇灌的。

❈说给家长❈ 当我们抱怨孩子没有孝心、不懂得感恩时，是不是也该反思一下，我们有没有给孩子感恩和尽孝的机会呢？心智未成熟的孩子，感恩的方式也许会单纯到让你无法理解，可孩子的初衷是极为美好的，孩子只是想表达内心对你的喜欢和感谢，并用他认为是最热情的方式去表达，大人们要呵护孩子的这份童真和善良，千万别因为我们的不经意，弄丢了孩子的孝心。

故事之后

电脑前写东西，一气呵成后，我异常轻松地靠在椅背上，面对自己的得意之作，突然觉得应该小小地犒劳一下自己了。

"儿子，帮妈妈倒一杯水！"

儿子在外面应和着："好嘞！"

可能是条件反射，也可能已形成惯例，只要本人有所需，第一个想到的，就是把机会留给家里的这个"小男人"。

他"噔噔噔"跑到厨房，一看电热水壶里没水，他又"哗哗哗"拧开水龙头接水，接着，就是"咔啪咔啪"地插插销、按开关……听声音，我觉得他已经"完工"了。

可"小男人"再次来到我身边时，我惊讶地发现，他怀里搂着一桶奶粉，手里拿着勺子、小碗，还有一包麦片和一块抹布。

我用异样的眼光看着他，他好像也看出了我的心思，对我调皮地眨眨眼，说："妈妈，我给你讲个故事吧！"

在美国的佛罗伦萨州曾发生过这样一个故事。一个叫约翰、一个叫哈里的两个年轻人，同时进入一家蔬菜贸易公司。

三个月后，哈里很不高兴地走到总经理办公室，向总经理抱怨说："我和约翰同时来到公司，现在约翰的薪水已经增加了一倍，职位也上升到了部门主管。而我每天勤勤恳恳地工作，从来没有迟到早退过，对上司交代的任务总是按时按量地完成，从来没有拖沓过，可是为什么我的薪水一点没有增加，职位依然是公司的普通职员呢?"

总经理没有马上回答哈里的问题,而是意味深长地对他说:"这样吧,公司现在打算预订一批土豆,你先去看一下哪里有卖的,回来我再回答你的问题。"

于是,哈里走出总经理办公室,找卖土豆的蔬菜市场去了。半个小时后,哈里急匆匆地来到总经理办公室,汇报说:"二十公里外的'集农蔬菜批发中心'有土豆卖。"

总经理听后问道:"一共有几家卖的?"哈里挠了挠头说:"我刚才只看到有卖的,没看到有几家,您稍等一会儿,我再去看一下!"

说完就又急匆匆地跑出去了。二十分钟后,哈里喘着粗气再次跑到总经理办公室汇报:"报告总经理!一共有三家卖土豆的。"

总经理又问他:"土豆的价格是多少?三家的价格都一样吗?"哈里愣了一下,又挠了挠头说:"总经理,您再等一会儿,我再去问一下。"

说完,哈里就要向外跑。这时,总经理叫住他,说:"你不用再去了,你去帮我把约翰叫来吧!"

三分钟后,哈里和约翰一起来到总经理办公室。总经理先对哈里说:"你先在这里休息一下!"

然后又对约翰说:"公司打算预订一批土豆,你去看一下哪里有卖的。"四十分钟后,约翰回来了,向总经理汇报:

"二十公里外的'集农蔬菜批发中心'有三家卖土豆的。其中两家都是0.9美元一斤,只有一家老头卖的是0.8美元一斤。我看了一下他们的土豆,发现老头家的最便宜,而且质量也最好,因为他是自己农园里种植的。如果我们需要很多的话,价格还可以更优惠一些,并且他们家有货车,可以免费送货上门。我已经把那老头带来了,就在公司大门外等着,要不要让他进来具体洽谈一下?"

总经理说道:"不用了,你让他先回去吧!"

于是,约翰就出去了。

这时，总经理看着在办公室里目瞪口呆的哈里，问道："你都看到了吧！如果你是总经理，你会给谁加薪晋职呢？"

哈里惭愧地低下了头。

故事讲完了，儿子笑眯眯地看着我，说："妈妈，我猜想着，一会儿水开了，您一定会吩咐我给您倒水，所以我提前拿来了小碗；刚才您写稿子很辛苦，估计也觉得饿了，所以我拿来了奶粉和麦片；给您倒水时，可能会洒到您心爱的电脑桌上，所以为了避免您冲我吼叫，我就提前把抹布也拿来了……"

❋说给家长❋　孩子能在故事中有所感悟，学会用一种新的思维方式去指导行动，真是件令人欣慰的事儿。

急中生智的后患

朋友约我吃饭，本是件美事儿，可最近几日，单位连续加班，大家个个忙得像陀螺，我又怎能带头开溜？于是，我实情相告："本人正在加班！"

朋友却不依不饶，七嘴八舌："再忙也要吃饭！地球离了你就不转了？赶紧过来吧，和大家见个面，简单吃点东西，批准你回去接着加班！"

朋友真诚相邀，实在盛情难却，怎奈学校箭在弦上的任务紧迫而艰巨。

纠结啊！

情急之下，我没按套路出牌："孩儿他爸刚打来电话，说孩子病了，上吐下泻，痛得满床打滚，估计是急性肠胃炎，我得带他去医院挂急诊……"

这一招还真灵，朋友立刻没有了埋怨，也不再催促，反倒是一遍又一遍询问孩子的病情。

我很愧疚！但有时候，取舍两难中，只能搪塞如此拙劣的理由。

加班一直到九点，总算告一段落。回到家，如释重负。朋友吃饭的事儿早已忘得干干净净。

儿子做完作业，像往常一样，依偎在我身旁看书。这时，电话铃声急促响起，打破了家里的宁静。我连忙抓起手机，岂料电话那头却传来朋友焦急不安的问话："孩子怎么样了，严重不严重啊？打针了吗？输液了吗？肚子还疼不疼？"

朋友的关心，让我无地自容。没办法，我只有循着错误的路线，"坚定不移"地走下去了："我在医院急诊室陪儿子输液。医生说是急性肠胃炎，可能是吃了不干净的食物，不过现在好多了……"

理由编造得很"充分"，情景描述得很"真实"。急中生智的对策，自认为也是无懈可击了。

朋友长舒一口气说："那就放心了，好好照顾孩子吧，今后要多注意，别再让孩子乱吃东西了，吃坏肚子，孩子受罪。"我也长舒一口气，算是躲过"一劫"。

万万没想到，一波刚刚过去，一波又来袭。看似一旁安静读书的儿子，却在无意中听走了手机话筒里的全部内容。

"妈妈，为什么说我是急性肠胃炎？我明明好好的呀，为什么撒谎呢？这分明是在'咒'我得病啊！"

"胡说！妈妈可不想让你生病！我那是缓兵之计……"

"什么缓兵之计啊！分明就是没说实话嘛！你天天教育我要做个诚实的孩子，怎么你自己先树立了一个负面榜样呢？"

我瞠目结舌，无言以对，只觉浑身嗖嗖地冒冷汗。我知道，那一刻，对孩子所有的诚信教育都降至零点，甚至成为负数。

❈说给家长❈　家长对孩子说："作业完不成没关系，明天我给老师打电话，就说你身体不舒服！""敲门的一定是某某，我不想接待他，你去开门，说我不在家！""你再不听话，妖怪会把你抓走！""考试成绩那么差，我可不想挨老师批评，今天开家长会，你给老师捎话，说我出差了！"如此种种，在大人们对问题的"机智"应对中，孩子学会了撒谎。父母是孩子的镜子，孩子是父母的影子。家庭是孩子的第一所学校，父母是孩子的第一任老师。孩子每时每刻都在悄悄地以父母为师，向父母学习。

感恩的种子在萌发

要说，这医院的生意可真好，你瞅瞅，想在医院里找个停车位都是件奢侈的事情。

这不，我和儿子来医院看望一位病人，没想到，在停车场里转了好几圈，愣是没发现一个停车空位。停车场里的几个保安不停地吹着哨子跑前跑后，一个个面庞通红，汗流浃背，指挥和疏散着"急红了眼"的车辆。

也许是看着我们怪"可怜"的，大半天了，一直像只无头的苍蝇，在拥挤的车流里"无助"地穿梭，一位上了年纪的保安，挥手招呼我们过去。虽然不晓得是怎样的一个结果，但我还是如同抓住了一根救命的稻草，迅速地回转方向盘，猛踩油门，疾驰而去。

满脸狐疑的我，先是看见保安大爷环视了一下四周，接着又看见他熟练而轻松地移走身旁的两个"禁止泊车"的牌子，像变魔术似的瞬间"搭建"出一个"完美"的停车位。

真是救人于危难时刻啊！停好车，我感激涕零，连连向保安大爷鞠躬致谢。

这时，站在一旁的儿子却一言不发，我刚想暗示他应该说声"谢谢"，岂料，他却突然返回车上，麻利地拎下一兜月饼，百般诚恳地往保安大爷的手里塞。大爷再三推让，可儿子的那份诚意和执着，让老大爷着实盛情难却。

我知道，儿子的这一举动不是我教出来的，而是在那一时间，由那一些人，发生的那一些事儿，触动了儿子内心深处的善根，催生了他最为自然、最为原生态的感恩之举。

无独有偶。

晚上，我和儿子懒得做饭，省心又省事地在美团上叫了外卖。可天公不作美，天黑偏逢毛毛细雨，寒冷，湿滑，黑暗，外卖小哥能来吗？

在我们的焦急等待中，外卖小哥的电话居然如约而至。挂断电话，儿子拔腿就往外跑，猴急之中，他竟然还不忘从桌子上顺走一个橘子。

不一会儿，儿子提着外卖麻辣烫进来了。顾不上关门，顾不上坐下，顾不上解开包装袋，顾不上享用麻辣美食，他便一把抓起桌子上的手机，迅速而精准地给外卖服务点了全套的五星好评。

一阵忙活之后，儿子长舒一口气，说："看着外卖小哥那么辛苦，就连刮风下雨也要努力完成五星级的服务，我真是服了！刚才我送给他一个橘子，小哥说，他这是第一次收到顾客的礼物，很开心，他还说，如果我们对他的服务还算满意的话，就给一个五星好评……"

我顿时明白了儿子刚刚"自发"地忙活了好一阵的理由。

我很高兴，因为儿子开始尝试用自己的方式去表达对他人的感恩之情，同时，我也觉察到儿子内心深处的那颗叫作"善良"的种子，正悄悄地在充满"爱"的沃土中生根发芽。

❉说给家长❉ 感恩，是对善良的另一种表达。感恩，是一种爱对另一种爱的唤醒。感恩是一种美德，是一种处世智慧，是爱和尊重的基础。懂得感恩、胸怀感恩的人，才能做到诚实、谦虚、宽容、善良、乐观、积极向上，才能懂得爱自己也爱他人，才能感受到来自他人真诚的爱，才能享受快乐，体味幸福。让孩子学会感恩，不仅需要生活环境的濡养，还需要父母师长的影响，也需要孩子内心的发现和成长。

帮孩子安装内心刹车系统

"妈妈，我有点困，先去睡觉了。"儿子张着大嘴，打着哈欠，拖着疲惫的脚步进了卧室。

儿子现在的样子，我看在眼里，疼在心里。刚上初中，一下子增加那么多科目，难免会手忙脚乱，不知所措。为了不掉队，他一直为追赶而奔跑，也是蛮辛苦的。虽说儿子的成绩暂时不那么出众，但至少没有出现令我头疼的青春期问题，也没有出现当下十分流行的"沉迷"于网络游戏而不能自拔的棘手状况。在我眼中，儿子似乎比别人家的孩子多了一些听话和顺从，多了一份与众不同的"教师家的孩子"独有的气质和素养。

想到这儿，我反倒有点沾沾自喜了，眼前不由地浮现出一张肉嘟嘟、红扑扑的小脸儿，虽然已是困意来袭，可我还是忍不住趿拉着拖鞋，蹑手蹑脚地推开儿子的房门，总觉得必须在他可爱又柔软的小脸蛋上亲一口，才能得以慰藉，才能安心入眠。

就在我推开儿子房门的一瞬间，忽见一道亮光从黑暗中划过。直觉告诉我，那道刺眼的光芒是一种不祥的预兆。果不其然，在慌乱之中，儿子的"阴谋"彻底暴露——他竟然躲在被窝里玩手机游戏！气急败坏的我，一步冲了上去，猛然夺下他手中还带着体温的手机，重重地摔在地上。

本以为，儿子和其他很多同龄的"手机控"的孩子不一样，我对他有着更多的信任和期待。当很多孩子在人前炫耀自己闯过了多少游戏关卡，获得了多少游戏积分，拥有了多少游戏金币时，儿子表现出的却是更多的稚嫩和单纯。就在我揣着"庆幸"扬扬自得时，眼前的一幕怎么就来得那么突然和真切。我的同情、我的怜悯、我的心疼、我的期望，还有我的庆幸，一下子消失殆尽，似乎所有美好的东西都被瞬间封存。

❋说给家长❋ 网络游戏，以其独具吸引力的图像和声音，给孩子带来感官上的愉悦，相对单调的学习、繁重的作业，游戏中五彩斑斓的动画世界刺激又过瘾，能迅速吸引心智尚未成熟的孩子。此外，网络游戏都有一个共同特点，就是及时而到位的量化激励：金币，积分，闯关……一步步引诱，一招招设陷，增加你的自信，激起你的欲望，鼓舞你的士气，朝向更高更远的目标义无反顾地迈进，可以奋不顾身，也可以废寝忘食。在游戏中，重压之下的孩子找到了宣泄的渠道，生活索然无味的孩子嗅到了新鲜的气息，毫无成就感的孩子找到了前所未有的自信，没人陪伴的孩子找到了忠实而靠得住的玩伴，于是，一触即发，一拍即合，从此孩子便和游戏结下了不解之缘。

网络游戏对孩子造成的危害和影响不言而喻，尤其是"沉迷"于网络游戏的孩子，往往表现出精神恍惚、易暴易怒、脑力疲劳、睡眠质量下降、注意力分散、无心学习做事等症状。所以，很多家长开始时刻紧绷这根敏感之弦，谈"网络"色变，谈"游戏"色变，甚至把网络游戏"妖魔化""鬼怪化"，用绝对禁止的强硬态度监控孩子的一切行踪。结果，在"盯"和"被盯"的监视中，家长和孩子都身心疲惫，亲子关系变得敏感而脆弱，甚至在"僵持"中趋于"僵化"，家长出现"心都操碎了"的痛苦，孩子出现"快把我逼疯了"的无奈。

在惶恐和焦虑的同时，我们也必须正视现实：信息时代已经来了，而且气势汹汹，无人可挡，不管你高兴或不高兴，乐意或不乐意，都必须积极面对。电脑、电视、手机上的网络游戏更是随处可见、可触、可碰，还有孩子同伴之间的谈论，又"潮"又"酷"的语言氛围，让从未涉猎网络游戏的孩子显得封闭无知，灰头土脸，很掉架子，很丢面子，于是孩子便产生了要"挤"进朋友圈的觉醒。同伴的炫耀，大人的禁止，无疑又增加了孩子对网络游戏的神秘感与好奇心，禁止意味着强化和诱导，与生俱来的对未知世界的探索欲望会让孩子拥有进一步靠近新鲜事物的冲动。

在这样的大环境中，要让孩子远离网络游戏，合理地"疏"比一味地"堵"更为奏效。首先，尽可能减少孩子生活中涉及网络游戏的元素，比如逐步缩短孩子玩游戏的时间，避免与孩子聊及网络游戏的话题，清空孩子游戏记录中的积分和金币等，这些举措可以分步骤进行，不可简单粗暴和蛮横专制，敌视和对立会让事情变得更糟，我们要取得孩子的信任，让孩子接纳我们的建议和帮助。其次，用多元化的兴趣项目转移孩子的注意力，弱化孩子对网络游戏的痴迷度，比如鼓励孩子参加社会活动、研学旅游、户外运动、阅读等，要知道，除掉田地里杂草的最好方法不是拔，不是割，也不是烧，而是在土地上种庄稼。第三，我们要多陪伴孩子，了解孩子的所思所想、所需所求，做孩子无话不谈的知心朋友，给孩子理智而用心的关爱，打开孩子的心结，分担孩子的烦恼，减轻孩子的思想压力；第四，我们要做孩子的榜样，用自己的实际行动影响孩子，做孩子精神世界的引领者，我们绝不能一边惶恐不安地拼命拉开孩子和网络游戏的距离，而另一方面我们自己又不能完全摆脱来自网络游戏的诱惑和控制。

孩子沉迷于网络游戏，我们习惯这样的思维方式：抱怨网络游戏是危害孩子的罪魁祸首，指控游戏开发者的别有用心，埋怨周围大环境的扑朔迷离，指责社会氛围的乌烟瘴气……当我们把祸因归结于外部因素时，却忽视了一个极为重要的内部因素：孩子自身的强大和心智的健全。在孩子的人生道路上，网络游戏仅仅是诸多诱惑中的其中一个，当下和将来一定会有更多、更大的诱惑相继出现，而那时，岂是我们靠"夺过来"和"死盯着"能够抵挡和抗拒的？

孩子没有自控能力，内心缺少刹车系统，难以对外界的各种因素进行正确的判断和分析，难以在猛踩油门疯狂飙车时进行有效刹车和制动，这才是最令人担忧的。所以，从小培养孩子的自制力、自控力，提高孩子的自我管理能力，为孩子的内心安装功能健全的刹车系统，让孩子面对世间万物能够保持应有的笃定和自律，这才是孩子走好人生道路的可靠保障。

早恋，预防比治疗容易些

儿子三岁的时候，我的一位朋友有一天和他开玩笑说："小伙子，你长得这么帅气，屁股后面一定有很多女孩子跟着，有你喜欢的女孩儿吗？"乍一听此话，觉得是开玩笑，再一品味，问题就来了：一是暗示儿子长得帅，有炫耀的资本；二是暗示人外表长得好，就能吸引异性；三是过早给孩子灌输"早恋"的概念，玩笑之中夹杂着诱导的倾向。大家猜，我儿子会怎么回答？"嗯，也不知道人家愿意不？"呵呵，这就是儿子三岁时对"早恋"童真而滑稽的表达。我心里清楚，那不叫早恋，不用担心。

今年儿子十一岁，刚上初一。前一阵子他突然问我："妈妈，我是不是进入青春期了，为什么老是感觉烦躁和焦虑呢？"哦？儿子竟然提到了"青春期"？现实中，很多父母都把"青春期"看成是洪水猛兽，烫手山芋，总觉得孩子进入青春期必然伴随着叛逆、焦虑、不听话、早恋等一起粉墨登场。其实，这个生长期是人生必然要度过的一个时期，既然逃不了，就不如正确而勇敢地面对。

我试探性地问他："明天我们毛毛虫工作坊要讨论的话题是'如何预防孩子早恋'，你怎么看？帮我想想办法、出出招，以免我在讨论时无话可说。"说实话，和儿子第一次谈及这个敏感话题，心里直打鼓：他会怎么回答呢？如果故意避而不谈，可能就真的出现问题了。还好，儿子的回答虽然对于解决青春期早恋问题没有实质性帮助，可我心里还是挺踏实的。

儿子很认真地为我支招儿："一是给孩子佩戴电话手表，父母随时可以联系上，随时命令孩子回家；二是让孩子写日记，父母可以偷偷翻看孩子的日记，或许能从中发现一些问题和线索；三是跟踪孩子，看他去哪儿，最好是跟踪到学校，隔着窗户监督孩子在干什么。"

这就是孩子的思路：不该做的事情，要坚决制止，设法"堵"住。我很高兴，因为儿子把我看成是最信任的人，有什么想法愿意和我沟通交流并寻求我的帮助；儿子没有与我对立，而是和我站在了一起，保持同一立场；我也庆幸，关于早恋问题，我可以把工作的重点聚焦在"预防"上而不是"治疗"上，而"预防"往往比"治疗"容易些。

既然"青春期"已经来了，就不能藏着掖着、故意掩饰或敷衍塞责，看着儿子的稚嫩、懵懂和好奇，我决定"开讲了"!

❈说给家长❈ 青春期是指个体的性机能从还没有成熟到成熟的阶段，是由儿童逐渐发育成为成年人的过渡时期。一般来说，女孩子的青春期比男孩子早，大约从十至十二岁开始，而男孩子则从十二至十四岁才开始。不过，由于个体差异很大，所以，通常把十岁至二十岁这段时间统称为青春期。青春期是人体迅速生长发育的关键时期，也是继婴儿期后，人生第二个生长发育的高峰。这一期间，不论男孩儿或是女孩儿，在身体内外和心理上都发生了许多巨大而奇妙的变化，其中身高突增是青春期的一个显著特点。另外，神经系统和心、肺等器官的功能也显著增强，男孩儿和女孩儿的性器官迅速发育，具备生育能力。此外，进入青春期之后，大脑皮层的内部结构和功能不断分化和完善，脑的沟回增多、加深，脑神经纤维变粗、增长，使大脑对人体的调节功能大大增强，兴奋过程和抑制过程逐步平衡，分析、理解和判断问题的能力有了很大的提高。在这一时期，孩子的好奇心、求知欲、记忆力大大增强，容易接受新事物，所以青春期是学习知识、发展智力的"黄金时期"。青春期青少年典型的心理特点有：1. 成人感、独立意识以及自尊心都在逐步增强；2. 开始有自己的小秘密，不愿向家长、老师吐露；3. 思维变得更敏捷，但是又由于多方面的限制使他们的情绪变得更多变；

4. 对于自我的认识、自我的评价能力有了初步的发展；5. 青春期性意识开始萌发。

"恋爱"是动物的本能；"早恋"则是"人为"提出的概念。从生物学角度解释，"恋爱"是生物为了繁衍后代而与生俱来的本能，为了使物种得以延续，在生物进化的过程中，自然选择让物种保持着旺盛的繁殖能力，生命才得以生生不息。人不但是自然中的一员，也是社会中的一员，人不但具有"自然人"应该具备的生存能力，同时，人还具备"社会人"独有的文化素养和精神追求。为了不让孩子受到更多的伤害，我们提出要预防"不合时宜"的恋爱。当下是信息时代，孩子越来越早地接触到越来越多的信息，发生早恋的现象越来越多，早恋的年龄也越来越小。怎样预防孩子早恋？孩子早恋了怎么办？这些问题已成为很多家长谈虎色变的话题。

关于早恋，我的建议是：

一、树立正确的早恋观。孩子早恋是正常现象，尤其是到了青春期，对异性产生好感很正常。但一般情况下，孩子早恋弊大于利。孩子尚小，阅历少，判断力不强，控制能力较弱，过早地恋爱可能导致不良的结果。当然，也不能认为孩子尚小就断然认为不会早恋，因为有的孩子早熟，预防还是必要的。

二、给予情感上的关爱。早恋的孩子，大多是因为被关注得不够，为了弥补情感上的空缺，会过早地陷入爱河进行弥补。所以，家长应该给予孩子足够的关爱与呵护，多和孩子沟通交流，让孩子情感上有寄托，心灵上有归宿。

三、普及性常识。对孩子进行性教育，为孩子讲解有关两性的知识、青春期心理学知识、与异性健康交往的方式等，告诉孩子既要尊重异性又要自我尊重，既要保护自己又不伤害他人。

四、关注孩子的言行。细心的家长总是能及时发现孩子的细微变化，分析现象背后的原因，针对问题寻找对策。比如，孩子如果喜欢上异性，误入早恋的谜团，他可能会经常发呆，若有所思，对外部环境失去兴趣，说话中有意或无意地经常提及某个人，也可能会突然喜欢上言情小说和情感剧，不让家长看他的日记和乱动他的物品。这些举动，都透露出孩子可能早恋的信息。

五、避免过多的情爱信息进入孩子的视野。情景剧、情感片、言情小说，甚至是生活中父母的亲昵举止等，对孩子都有一定的影响和诱导。当前，电视、手机、电脑、平板等电子产品已经走进孩子的日常生活，成为孩子不可或缺的学习资源，但网络是把双刃剑，一些不健康的内容总是防不胜防。家长要多留意，尽可能控制爱情题材的内容过早、过多地泛滥孩子的生活。

六、不疑神疑鬼过分干预。建议家长关注孩子的言行，并不是对孩子疑神疑鬼、捕风捉影、无中生有。尤其是青春期的孩子，容易逆反和对抗，一旦孩子和家长对立起来，教育还没开始就宣告失败了。所以，家长要平心静气，冷静处理。如果孩子对异性只是单纯的好感和欣赏，不必大惊小怪，如果确认是早恋，家长要以朋友的身份，与孩子坦诚交流，动之以情，晓之以理，用事实说话，讲身边例子，告诉孩子初、高中学生谈恋爱最后"终成眷属"的还不到百分之三，早恋是没有果实的花朵，成功率极低，危害很大。

七、转移孩子对异性的关注。家长可以鼓励孩子积极参与有益身心健康的集体活动，培养孩子的兴趣爱好，及时把对异性的关注转移到其他方面，顺利度过由异性带来的相思痛苦。

八、既来之则安之。有些家长对孩子早恋难以容忍，认为是大逆不道，道德沦丧，对孩子又打又骂，甚至强行隔离。这样做只会让孩子产生厌恶和逆反心理，破罐子破摔，抗争到底。其实，孩子到一定年龄情窦初开是再正常不过的事情了，说明孩子身体和心理健康没有疾病。换个角度说，如果再大几岁，孩子还是对异性没感觉，没兴趣，不谈恋爱，不成家，恐怕家长又会陷入另一种焦虑。我们讨论预防早恋的对策，是因为过早的恋爱通常以痛苦的分手宣告结束，对孩子伤害很大，在正确的年龄段里做了不正确的事情是要付出代价的，不仅影响了孩子的学业，耽误了孩子的前程，控制不好还可能出现身体和心理上的双重伤害，甚至无法补救，悔恨终生。

防患于未然，临危不乱，从容应对，化险为夷……这些正是智慧家长的智慧之举。

谁的错？

去往浙江余姚的列车上，旅客们都在用各自的方式打发着无聊而又漫长的时间。读书，看报，玩手机，吃零食，虽然挺忙活，却也没有大声喧哗之众，偶尔从某个地方传出几声小憩的轻鼾，又在人们友好的咳嗽声中戛然而止。

"休闲食品、冰激凌，有需要的吗？儿童玩具、充电宝，有需要的吗？"从车厢的另一头传来女服务员甜甜的叫卖声。顺着车厢座位中间狭窄的过道，一辆装满货物的小推车缓缓而行。女服务员的声音听起来没那么嘈杂和聒噪，所以乘客们虽然对商品不感兴趣，但对这"清新"的叫卖声并不讨厌，也或许在大多数乘客看来，这叫卖声仅仅是司空见惯的走过场而已。

当这辆不被人关注的小推车沮丧而又无趣地准备离开这节车厢时，却被坐在门口的一个三四岁的小男孩儿拦住了去路："妈妈，我要玩具，我要玩具！"女服务员听到后，脸上立刻绽放出灿烂的笑容，随手挑选了一个会发声、能发光的玩具，塞到了小男孩儿手中。小男孩儿接过玩具，死死地攥在手中，贪婪地玩弄着。小男孩儿的妈妈开口了："这个玩具多少钱？"女服务员微笑着说："一百二十元。""这么贵？商店里顶多卖几十块钱！"小男孩儿的妈妈故意提高了嗓门。这时，小男孩儿的爸爸冷不丁冒出一句："家里不是有吗？不能买！"说着，爸爸就从小男孩儿的手里强行夺过玩具，还给了女服务员。"哇——哇——爸爸真坏！爸爸真坏！"小男孩儿的眼

188

泪如决了堤的洪水，迅猛倾泻下来。

坐在旁边的老人，把哭闹的小男孩儿搂在怀里，一边哄着，一边不停地晃着："不哭了，小乖乖，不哭了啊，奶奶给你剥橘子吃……"孩子声嘶力竭的哭声持续了将近二十分钟，一车人个个眉头紧蹙，烦躁不安，估计都被孩子的"任性"给彻底打败了。

小男孩儿哭闹的过程中，身边三位亲人表现出不同的态度：妈妈苦口婆心地讲道理——为什么偏要在车上买高价的玩具，不如回家买更经济实惠的划算；爸爸少言寡语，但态度坚决——家里有类似的玩具，所以不能买；奶奶则反复念叨一句话——听话，乖！听话，不哭了啊！一家四口，就这样上演了一场以孩子为中心的生活情景剧。

周围的乘客开始出现小小的骚动，你一言我一语，小声嘟哝着："这孩子可真够倔的！长大了谁能管得了？""家长也得想想办法呀！别闹得大家都不得安宁啊！""唉，都是家长惯出来的！"

小男孩儿的妈妈终于坐不住了，"噌"地站了起来，朝着车厢门口冲过去。孩子的爸爸想拉没拉住，从牙缝里挤出三个字："神经病！"周围的乘客一阵唏嘘，猜想孩子的妈妈可能是因为忍受不了孩子的哭闹，决定去买玩具了。

看来，这场利益争霸赛，最终还是家长妥协，孩子得逞。

不一会儿，小男孩儿的妈妈回来了，后面跟着刚才那位女服务员。妈妈走到座位前，怒气冲冲地用手指着仍在哭闹的孩子，高分贝地叫嚷道："你看看，你的一个玩具让孩子在这儿哭了半个小时了！哄也哄不住！闹得一车人都不得清静！谁允许你在车上卖东西了？谁允许你把玩具递到孩子手里了？他还是个小孩儿，哪能抵挡住玩具的诱惑？我要投诉你！我要投诉你们！"

女服务员吓蒙了，不停地道歉："对不起，是我错了，真的对不起……"说着，女服务员从口袋里掏出几块糖果递给小男孩儿，小男孩儿看到这张刻着伤心往事的熟悉的面孔，哭得更加肆无忌惮了。女服务员慌了手脚，除了道歉，只剩道歉了。

✲说给家长✲ 究竟是谁错了？在这个故事里，表面上看是孩子的哭闹声打破了车厢里的和谐，也是哭闹声“逼迫”孩子妈妈当众破口训斥女服务员，导致了整个车厢乌烟瘴气、乱成一团。那么，小男孩儿应该算是罪魁祸首了吧！可问题是，孩子才三四岁，在他人生“是非观”的白纸上，才刚刚画出了寥寥几笔，这其中有妈妈画的，也有爸爸画的，当然还有奶奶、爷爷和更多人画的，正是这些线条才描绘出此时此刻孩子“不可爱”的模样。如此分析，好像小男孩儿又是最无辜的，因为是周围的人和事在“教育”他：哭闹是可以解决问题的，只要坚持“闹”下去，就能取得胜利，过去如此，现在也应是如此。其实，哭闹只是一种表象，是孩子内心想法的外显，哭闹的背后隐藏着教育的导向，也是教育成果的最终呈现。我们不禁要问：究竟是谁的错？是女服务员，还是孩子的妈妈？答案可能不一致，但有一点可以肯定，哭闹的小男孩儿绝不会认为是自己错了。

领着孩子走进阅读

关于这篇文章，我打算让我的儿子来完成，因为他的读书生活，他最有体验，也最熟悉、最深刻。当然，我也想从他的记忆中，搜索我对他读书生活的引领和影响。于是，十一岁的儿子进行口述，我负责记录和整理。

小时候，我爱听故事，每天晚上都缠着妈妈给我讲《小蝌蚪找妈妈》《潘多拉的盒子》《小红帽》《神笔马良》《拔萝卜》的故事，看着妈妈讲故事时的表情和神态，我觉得幸福极了，我觉得我是世界上最富有的孩子，因为我有一个天天给我讲故事的好妈妈。有时，我听着听着就睡着了，伴着故事入眠，连梦都是甜蜜的。

后来，妈妈带我去了一个叫"绘本馆"的地方，这是一个很神奇的小屋，这里是五彩缤纷的故事王国，去了才一两次，我就迷上了这个不算太大却又足够大的地方。《一只好饿的毛毛虫》《三只小猪》《我长大了》《大卫，不可以》《猜猜我有多爱你》《蜈蚣叔叔的袜子》，这些"画书"里虽然没有多少字，但故事生动有趣，曲折感人，图画色彩鲜艳，活灵活现。我对这里的喜欢程度非同一般，魂牵梦绕，流连忘返，因为在这里，我可以自由选择自己喜欢的绘本，随心所欲读自己喜欢的故事，不用缠着妈妈给我讲，我自己就可以读懂。

再后来，我就和妈妈一起读有字的书，每天临睡前，是我和妈妈亲子共读的时间，妈妈读一段，我读一段，我模仿着妈妈的样子去读。有的字不认识也没关系，妈妈告诉我，不用刻意去记忆，读得多了，见得多了，自然就记住了。

上了小学，老师想方设法地鼓励我们读书，列出一些必读书目，比如《我要做好孩子》《狼王梦》等，要求我们每天在班级微信群里晒一晒读书进度。学校还红红火火地开展了读书漂流、同读一本书、读书大赛、我是读书小明星等活动，营造了良好的读书氛围，激发了同学们读书的浓厚兴趣。尤其是同学们课下都在谈论《笑猫日记》《米小圈上学记》《赛尔号》《淘气包马小跳》，我让妈妈也给我买了全套书籍去读，于是，我就可以和同学们聊得热火朝天了。

从小学五年级开始，我就和爸爸一起在网上购买了很多我喜欢的书籍：《史记》《人类未解之谜》《世界历史大冒险》《中国历史》《水浒传》《红楼梦》《三国演义》《西游记》。我们家的书桌上，沙发扶手里，阳台小木屋中，还有厕所的洗衣机上，到处都有书籍，不管在哪个空间，都散发着书的芳香，随处随地都有书的陪伴，阅读随时进行。

爸爸喜欢读书，兴奋之处，总是迫不及待地讲给我听，他也喜欢和我一起探讨历史故事等，周六周日他总能腾出时间带我去图书馆。图书馆里，他读他喜欢的书，我读我喜欢的书。有时候我很纳闷，爸爸妈妈都是老师，工作都很忙，可为什么爸爸总是能挤出大块时间进行阅读，妈妈却总是忙得团团转，静不下心来读书？一本《狼王梦》，妈妈都读了快一个月了，我每天都和她开玩笑说："妈妈，您的梦还没做完吗？小心夜长梦多啊！"后来，我才发现，妈妈的空闲时间里，有相当一部分都用在了化妆、选衣服、试衣服和干家务活上了，再加上我妈妈眼睛不太好，看起书来很费劲，也容易疲劳。但我相信，妈妈是智慧型的，她另辟蹊径，摸索出了一个两全其美的读书方式——樊登读书会听书、喜马拉雅听书，当我们都在忙活一些不得不做的琐碎事儿的同时，妈妈用手机播放"讲书"录音，全家人都"不得不"听，其实，大家都受益了。尤其是早晨洗漱时、吃饭时、收拾碗筷时、打扫卫生时、晚上临睡时等，很多碎片化的时间，都在妈妈的影响下有效利用起来了。目前，《王阳明哲学》《人类简史》《未来简史》《魏晋风华》《丝绸之路》等，成了我们一家人餐桌上谈论的热门话题。

…………

✲说给家长✲ 带孩子走进读书世界，让孩子了解阅读、走进阅读、触摸阅读、感知阅读。引领孩子爱上读书，让孩子快乐阅读、幸福阅读、迷恋阅读。提供足够大的阅读空间，让孩子自由阅读、尽情阅读、释放阅读。营造浓厚的读书氛围，让孩子自主阅读、随时阅读、随处阅读。其实，只要大人喜欢读书，痴迷阅读，即便什么也不说，孩子也会发现你读书的样子很美，继而仿之效之。

妈妈躲在树后面

今天，我的好朋友，一所知名幼儿园的副园长，给我讲了一件她亲身经历的教育事件。

放学了，家长们迫不及待地赶来幼儿园，满心欢喜地接走了自己的宝贝孩子。滑梯旁边，有一个五岁大的男孩儿，不知因为什么，和妈妈赌气闹别扭，躺在地上撒泼打滚儿，妈妈在一边连哄带劝，连吵带骗，却还是没有办法让孩子停止哭闹。

我的园长朋友目睹了这一"惨状"，连忙走过去，试图凭借老师的"权威"阻止孩子的无理取闹。可没想到，男孩儿丝毫不顾及老师的"颜面"，继续号啕大哭，熟视无睹。长时间的哭闹，让男孩儿的声音变得嘶哑，跑了调的哭喊声也慢慢变得不堪入耳，汗水和泪水夹杂着飞舞的尘土，给孩子涂抹出一张让人哭笑不得的大花脸。

好一肚子的委屈啊！男孩儿妈妈倔强的心开始软化，再也掩饰不住内心想要妥协的想法。园长看出了男孩儿妈妈的心思，悄悄地把她拉到一边，小声说："如果今天孩子得逞了，他就尝到了甜头，认为妈妈是软弱的，哭闹是他的制胜法宝，没有什么原则可言，只要坚持闹下去，妈妈就会低头认错，那么，接下来他可能还会得寸进尺地挑战第二次、第三次，甚至更多。如果你信任我，现在就把孩子交给我吧！"园长示意孩子的妈妈躲到树后面去，她说她要对孩子"狠"一把。

"起来！"园长严厉地命令道。男孩儿眯着眼睛看了园长一眼，马上又紧闭双眼，继续哭闹不止。园长好心好意伸手去拉他，却被男孩儿的拳打脚踢上下封锁。

"好吧，你现在有两个选择，一是继续躺在这里哭闹，不过幼儿园要关大门了，我也要下班了，你若再不起来，估计要在这里待一晚上了；二是不许再哭，站起来对我说说你的想法，你有什么委屈就告诉我，我会帮助你的。你好好考虑一下，我在这儿等你一会儿。哦，对了，忘了告诉你，你妈妈已经走了，她把你交给了我，希望我们能愉快解决这个问题。"园长说完，就"心不在焉"地站在一边看天空，若有所思的样子，好像不再去关注眼前这个要死要活的男孩儿了。

无人关注的感觉，简直糟糕透了。渐渐地，男孩儿的哭声小了，偷偷地睁开眼睛看着园长，也许他不想再这样不被关注地继续"辛苦"下去了，但又不知道怎样为自己找一个有面子的台阶，好让自己"体面"地从大地妈妈的怀抱里站起来。

真是天无绝人之路！有两个小朋友正巧路过这里，骑着跳跳球，蹦蹦跳跳地笑着、唱着。男孩儿的哭声戛然而止，小眼珠一转，一骨碌从地上爬起来，从小朋友手里接过跳跳球，一屁股坐了上去，使出吃奶的劲儿，让自己弹跳起来，哈哈哈哈……男孩儿破涕为笑，"老师，老师，快看我骑得好不好？跳得高不高？"

呵呵，园长抿着嘴笑了，躲在树后的妈妈，热泪在眼眶里打转，也笑了。

❀说给家长❀ 家长必须让孩子清楚，可以用自己的方式表达自己的情绪和诉求，但这种方式必须是以不伤害别人也不伤害自己为前提的。除此之外，还要让孩子知道，家长、老师是有原则、有底线的，突破了这个底线，不管采取什么手段，都不会得逞。很多时候，家长往往在孩子的无理取闹中妥协，觉得不就是个小孩子嘛，哄一哄，不哭了，就算完事，等慢慢长大了，道理自然会懂的。殊不知，孩子的是非观就是在一点一滴的小事中逐步形成并加以巩固和印证的。家长心太软，孩子就和家长一起失去了做事的原则和底线，家长一旦被孩子的"可怜相"遮蔽了双眼，就会做出错误判断，怂恿孩子偏离正确的成长轨道，误入歧途。所以，家长不妨尝试让自己躲到树后面去，看看这个社会是怎样帮助自己教育孩子的。

没意思？ 有意思！

"你今天吹萨克斯了吗？""看你要磨蹭到什么时候！""再不抓紧练，你就等着明天挨老师的批评吧！""你就没有自己的计划吗？为什么非得让我们催着才行？"

该说的话，全都倒出来了；该用的招，全都施展尽了；该生的气也全都生完了。那一刻，我和老公真的是黔驴技穷了。既然改变不了孩子，就尝试着改变我们自己吧。

这一天晚上，我和老公一改往日的习惯，不在家"死磕"似的盯着儿子吹萨克斯，而是穿上衣服，登上运动鞋，佯装散步去了。小家伙先是一愣："你们要出去？"可他那双小眼睛里闪烁的光芒，明明透露着藏不住的惊喜，"好吧，好吧，记得早点回来哟！"呵呵，谁听不出这熊孩子的话外音呢："你们终于出去了！再也没有人盯着我吹萨克斯了！哈哈，我自由了！"

改变是有风险的，改变也会产生周身不适的疼痛。我和老公在楼底下转了一圈又一圈，看似闲庭信步，实则焦虑难耐。半个小时过去了，楼上的那个照着暖光的窗户内，终究还是没有传出我们期待已久的萨克斯旋律。我和老公胡乱地猜测，小家伙在吃零食？在看电视？在玩车模型？在耍大拳？还是在……我们决定不再等了，上楼！

老公愤怒地咳嗽了几声，我也故意夸张了脚步声，希望以此对儿子做最后的警告。果不其然，在我们上楼梯的途中，突然就传来了一阵颤巍巍又假惺惺的萨克斯的呻吟声。

一进门，看着小家伙装模作样地抱着萨克斯，真想拳打脚踢狠狠教训他一番，逼其现出原形。可是，理智战胜了冲动：我们必须保持足够的平静，才能不露声色地按事先计划好的套路出牌。我和老公对眼前的假象没有做任何的评价，对"希望"受到关注的小家伙也采取了不关注、不批评、不唠叨的"三不"措施，没想到这一反常举动，却让小家伙觉得很是意外，继而有点不自在，接着就是"没意思"了。

哦？事情怎么就渐渐变得"有意思"起来了呢？

小家伙不打算再辛苦地"装"下去了，而是决定正经八百地为"自己"演奏一回。说也奇怪，一旦不被关注，小家伙的头脑反而显得异常清醒了。当真实而流畅的旋律从萨克斯管中完美地流淌出来时，老公也一反常态，在隔壁的卧室里冷不丁地冒出两个字："好听！"谁又想到，这不加任何修饰的两个字，居然让小家伙吹奏得更来劲了，甚至有点乐此不疲了呢！

✵说给家长✵ 一双监视的"眼睛"，会让孩子浑身不自在；一双无形的"手"，会紧紧扼住孩子的喉咙。生活在缺乏自由和安全感的环境中，孩子怎么能健康甚至正常地成长呢？家长焦虑，不敢对孩子放手，往往是因为对孩子缺乏足够的信任，觉得孩子管不住自己，也管不好自己。于是，家长总是在孩子身边进行不间断的所谓善意的提醒，而这种唠叨往往成为孩子不会主动思考的罪魁祸首。家长的过度关注和管控，最终会让孩子丧失自我。就像吹萨克斯这件事，家长盯着孩子练，甚至拿着棍子逼着孩子练，孩子也能"会吹"，但孩子一定不会"爱吹"，因为当孩子拿起萨克斯的一瞬间，脑海中充斥着害怕、恐惧、焦虑、痛恨，哪有多余的心思放在音乐的美妙和器乐的魅力上呢？这种死磕式的管教，只能让孩子丧失兴趣、消磨意志，更严重的后果是孩子因此变得抑郁和对抗。所以，要让孩子成为自己的主人，家长需要给予孩子三样东西：一是信任；二是自由；三是爱。家长要给予孩子能够感知并且愿意接纳的爱，给孩子留出一些独立思考和完善自我的空间与时间，让孩子做回自己，真正变"要我做"为"我要做"。

陪我长大

两个小时过去了，儿子仍沉迷于电视！忍无可忍的我，终于控制不住自己的情绪，歇斯底里地冲着儿子吼叫："你怎么对看电视这么上瘾！除了看电视你还能做什么！这么没有节制，你能管理好自己吗?！再这样下去，我就得给电视贴上封条了！"开了闸似的怒气和怨言，瞬间被儿子的一句话堵了回去："妈妈，你只要能陪着我，我就不看电视了！"是啊，平日里，我总是拼命地忙工作，忙自己认为重要的事儿，却总是抽不出大块"奢侈"的时间陪孩子，细细算来，全身心陪伴孩子的时间，实在屈指可数。缺少了陪伴和关爱，孩子觉得无聊又无助，这才让电视趁机取代了父母的角色，担负起抚慰孩子寂寞心灵的重任。所以，与其说是孩子迷上了电视，倒不如说是我把孩子推给了电视。

第二天，儿子的语文老师给我发了一条短信：文正妈妈，今天我们在作文课上布置了一篇作文，让孩子们写自己最渴望得到的东西，文正写的作文题目是《陪伴》。读着文正的作文，我一度潸然泪下。这篇文章写出了孩子内心最真实的想法，也道出了孩子匮乏父母爱的痛苦呐喊！由此，我也想到了自己对女儿的亏欠，自责不已。看似懵懂无知的孩子，对父母的亲情和陪伴有着极其强烈的渴望和依恋，这篇文章不仅仅是给你、我提了个醒，也给我们所有做父母的提了个醒……请带着诚挚的歉意认真读读孩子的心声吧！

陪伴是给孩子最好的礼物。可是，父母的陪伴对我来说，就是一种奢望。

我喜欢读书，更喜欢和妈妈一起读书，因为有妈妈在身边，我觉得很安全，看着妈妈微笑慈祥的脸庞，我觉得好亲切好舒心。这个周末，难得妈妈陪我一起亲子共读，我高兴极了。可就当我和妈妈依偎在一起津津有味地阅读时，一阵电话铃急促响起，电话那头传来了一个"噩耗"：妈妈要去加班。那一刻，我感觉像是有一双魔鬼般的大手把妈妈从我的身边抢走了，那一刻，我的眼泪像断了线的珠子从脸上滑落下来，读书的兴趣顿时消失得无影无踪。我真想对妈妈说："妈妈，您为什么总是那么忙？您什么时候才能闲下来呢？除了我生病的时候，您还能再抽出些时间好好陪陪我吗？"

还有一次春节放假，本应是个开心的日子，可那个春节，我却怎么也高兴不起来。晚饭时，爸爸妈妈在厨房里叮叮当当的做饭声，和着电视里相声小品幽默滑稽带来的欢笑声，简直就是世界上最美妙的声音，我十分陶醉又惬意地沉浸在春节幸福的声响中。当我们一家人其乐融融地享受天伦之乐时，急促的电话铃又响了，接着，妈妈回单位加班去了，爸爸也有临时任务出去应酬了。短短的几分钟，爸爸妈妈一起消失了，家里突然变得异常安静，安静得让我有点害怕。爸爸妈妈，我知道你们都有自己的工作要忙，但我是多么渴望爸爸妈妈多陪陪我啊！我希望爸爸陪我一起下象棋、打羽毛球，希望妈妈陪我一起读书和散步，希望爸爸妈妈陪我一起去公园玩，一起去游泳，一起去吃火锅……

读着孩子的作文，我的视线模糊了。一字一句中，我读懂了孩子内心深处持续升温的委屈、恐慌、无奈与渴求。

我，作为一个妈妈，真的很愧疚。

❋**说给家长**❋ 陪伴是父母给孩子最好的礼物。每个孩子成长过程中都有一个不可或缺的阶段，那就是——陪伴。孩子的很多非智力因素，是需要通过家长的言传身教来完成的。比如：情感培养、性格塑造、习惯养成，以及责任、自信的养成等。尤其是孩子的童年，最需要父母的关爱和陪伴，在这个时期，父母的行为会给孩子产生终身的影响，亲情的缺失会给孩子幼小的心灵带来不可逆转的伤害，这种阴影将会伴随孩子的一生。作为父母，其实我们给不了孩子属于他的未来，他有自己的人生。我们能做的只是努力守护孩子能够得到的当下的健康、快乐和幸福，和孩子一起慢慢体味相伴时的每一道风景、每一种心情。不要怕"虚度"光阴，对孩子而言，"虚度"就是教育留白的艺术；对父母而言，"虚度"是实现自我成长的好时机。陪伴是相互的，滋养是相互的，给予是相互的，成长是相互的，世间最美好的事情莫过于——你陪我长大，我陪你变老。

"贪心"的家长

晚上六点，儿子放学回到家。按照"规定"，他是要先完成当天的家庭作业，而后，在七点半到八点的时间段里，练习吹萨克斯。八点以后，就该识记英语单词和预习数学、语文等第二天要学习的科目了。虽然，这些都不是儿子喜欢做的事情，我说的是实话，但值得欣慰的是，儿子一直坚持得还不错。

可就是今天，偏偏显得有点异常。这"没心没肺"的主儿，怎么就把肩上的大书包往沙发上一摞，"不负责任"地在客厅里"乱耍"起来了呢？而且还玩得那么无所顾忌，那么无法无天！我开始焦虑，开始忐忑，开始唠叨，开始数落。

"妈妈，您就放心吧！今天啊，苍天有眼，老师仁慈，没留家庭作业！没留家庭作业！啦啦啦——啦啦啦——"儿子一边开心地尖叫，一边从口中肆无忌惮地发出"突突突"模拟枪械的口技声，那个得意劲儿，让我很揪心。

"怎么，老师没布置家庭作业？"我嘟哝着，"这怎么能行？孩子们不都玩疯了吗？多少也要留一点啊！有作业，孩子才有事儿干，家长才能安心啊！"手足无措的我，极力地寻找对策，以消除"零作业"带来的莫名恐慌。我必须争分夺秒地想办法，让儿子尽快"忙活"起来。

哈哈，有了！"儿子，既然今天没有家庭作业，你就赶紧练习吹萨克斯吧！反正早晚都要练习，不如早点完成任务……"其实，我有我的如意算盘：把做家庭作业的时间省出来，增补到练萨克斯的时间里，或者延长到后面复习和预习的时间内，再或者……

玩得正嗨的儿子，听见我突如其来的"临时性安排"，突然慌了神儿，来不及寻找任何掩饰性借口，还不小心说漏了嘴："那可不行！我必须严格按照学习计划进行，计划已订雷打不动嘛！再说了，我要是现在吹完萨克斯，到晚上七点半，你又要给我布置新的任务了……我才不干呢！我得抓住此时此刻，尽情玩了再说！玩了再说！"

❋说给家长❋ 作为家长，哪个不盼着自己的孩子越来越好？可问题是，很多家长对孩子的"贪心"是永无止境甚至是不切实际的，对孩子的进步与变化，好像永远都不会满足：孩子考了九十九分，家长批评孩子为什么不考一百分；孩子得了一张奖状，家长抱怨为什么别人家的孩子能得两张奖状；孩子比赛得了第一名，家长得寸进尺、变本加厉，要求孩子每次都拿第一名……很少有家长认为：我的孩子已经很好了，我对孩子已经非常满意了，我已经没有什么奢望了。家长们总是希望自己的孩子长成自己理想中的样子，总是奢望孩子按照家长的意愿去长大，总是觉得孩子如果长成"那个样子"就好了，可是，当自己的孩子长成"那个样子"时，家长还是希望孩子去改变，家长会觉得，如果孩子再怎么怎么样一点就更好了，家长的"贪心"是永无止境的。"贪心"的家长，内心往往涌动着极度焦虑的情绪，正如逼迫孩子上各种辅导班，不是为了满足孩子自身的发展需要，而是为了缓解家长的焦虑和不安，满足家长的自尊心和对比欲望。家长的焦虑情绪会演变成无形的枷锁，禁锢孩子的手脚和头脑，孩子要么逆来顺受，要么缺乏自信，要么叛逆反抗。孩子会认为，他永远都不会让家长满意，也永远长不成家长心目中的"那个样子"。现实生活中很多的悲剧就是来自家长无休止的欲望和贪念，才让孩子无所适从，从而在绝望中痛苦地挣扎和呐喊。所以，要想让孩子对生活充满希望和自信，家长需要做的就是放下自己的"贪心"，帮助孩子找到属于他们自己的节奏，包括学习、工作、生活、休息、交友的节奏。家长要给孩子宽松、包容的环境，给孩子自己的节奏，给孩子创造更多清净的机会，让孩子知道自己该做什么，该怎么去做。

父母对战，孩子站哪边？

腊月二十三，过小年。在这个特殊的日子里，好像必须吃饺子，才能配得上这份节日的喜庆。

"包饺子喽！"老公最先提议，脸上流露着掩饰不住的喜悦。"双手赞成！"我的回应来得最及时。说实话，平时没有时间也没有心思去折腾买食材、拌饺子馅、包饺子、煮饺子、吃饺子这一整套烦琐的程序，总觉得购买速冻的饺子更省事儿。今儿个放假了，终于可以享用一回自己纯手工包的饺子了。刚上初中的儿子，小耳朵贼机灵，小腿儿贼麻利，一个箭步从房间冲出来，大声喊叫着："我没听错吧？我们自己包饺子？爸爸万岁！妈妈万岁！一家人万岁！"

说干就干！老公买菜、剁肉、调制饺子馅，我和面，儿子擀皮，大家一起包饺子……叮叮当当的声响，演奏出一首温暖而和谐的家庭幸福曲，一家三口挤在一个不算太大的空间里，其乐融融，笑声不断。

儿子从小到大第一次擀饺子皮，实属不易。只见小家伙紧咬嘴唇，紧蹙眉头，全神贯注地侍弄着手中不怎么听话的面团儿。在儿子的调教下，这些任性而淘气的面团儿扭动着身体，变换着姿势，由一开始的丑态百出，到后来的统一规格，生动上演着真实版的"变形计"，我和老公看在眼里，喜在心里。

动作熟练了，技术进步了，水平提高了，我和老公对儿子的要求也更加得寸进尺了。我说："儿子，皮儿擀得再薄一点，薄皮大馅

204

儿才好吃！""好嘞！"儿子愉快地答应着。"我觉得呀，皮儿还是厚一点好，包得结实，煮的时候才不容易露馅儿！"老公纠正道。

"嘿！是不是故意找碴儿？想和我作对是吧？那么厚的饺子皮，咬上一口，都是面疙瘩，难吃死了！又不是让你擀皮儿，你嚷嚷什么！"我瞪着眼睛，扯着嗓门，反击着老公的提议。女人啊，吵架时的任性、刁蛮、不讲理，真是与生俱来，无与伦比。接着，我又瞬间变脸，把头转向另一边："乖儿子，听我的，别听你爸的！他不懂，乱指挥！一会儿妈妈煮饺子，皮儿再薄，我也保证一个饺子都不会烂！"

本以为儿子会不折不扣地赞同我的观点，并毫不犹豫地和我站在一边，没想到——"妈妈，你就不该这么说！爸爸那么辛苦，从早晨忙到现在，一会儿也没闲着！爸爸去买肉、买菜、剁饺子馅……累得满头是汗，腰都直不起来了！况且爸爸说得也有道理，也是好意，怕饺子煮烂就不好吃了，有错吗？我觉得，这次是你的不对，爸爸心平气和地只说了一句，可你就不依不饶、着急上火地说了一大堆……"

那一刻，我像是一个犯了错的孩子，挨了批评，受了教育。儿子说得振振有词，有凭有据，突然觉得儿子就是一个大法官，在我和老公之间公正判案，替"受害方"据理力争。

❋说给家长❋ 夫妻产生意见分歧和矛盾是家常便饭，一旦冲突发生，受伤最严重的恐怕就是孩子了。因为，争执、争吵会让气氛变得异常紧张，心智尚未健全的孩子置身其中，就会被恐惧和焦虑包围；让孩子更心痛的是，爸爸和妈妈都是自己至亲至爱的人，手心手背都是肉，双方战争时，究竟该站在哪一边呢？不管是谁战败，孩子都会很"受伤"。于是，在极度为难的煎熬中，大多孩子选择了漠视和逃避，选择了躲在角落独自伤心和哭泣。父母发生冲突，孩子不仅仅是"伤"在当时的情绪状态，更主要的"伤"是在孩子当下的生活态度和未来的角色定位。如果爸爸经常挨妈妈的训斥，女儿就会认为：在家庭中，老公的角色就是懦弱和挨骂，将来自己有了老公也会这样去对待他。儿子则会认为：将来自己也会充当这样的角色，也会拥有这样的悲催地位，恐惧和担心会让他"压力山大"。反之亦然。为什么我们总是能从父母现在的生活状态中看到孩子未来家庭的影子？因为，孩子是录音机、摄像机，大人的一举一动都会被孩子录下来，再原封不动地播出去。所以，明智的父母一旦发生意见上的分歧，是不会当着孩子的面彼此发生争执的，他们会悄悄地私下解决，让孩子回避，免受伤害。更为智慧的父母，可以让孩子来当"法官"，为爸爸妈妈之间的争执做个评断，这样一来，既化解了矛盾冲突，也锻炼了孩子的是非判断力，营造了民主和谐的家庭氛围。给孩子营造一个温馨和谐的家庭氛围，会让孩子感受到家的温暖和亲情，这样的成长环境才能让孩子健康、快乐、自由、放松地发展。孩子也会在这样的家庭中学到理解和宽容。家庭是孩子最好的学校，父母是孩子最好的老师。父母关系和谐，家庭幸福美满，孩子身心健康。

选择题里的玄机

和儿子一起共进晚餐。这个时刻，一直被我视为亲子交流的黄金时期。

"妈妈，给你出道选择题吧！"

"哦？又考我？好啊！"

"妈妈，你要仔细听，认真思考后，再做出选择。"

儿子从小就喜欢问问题，也许是与生俱来的对未知世界的好奇心，也许是我后天有意培养的可喜成果，总之，拥有了这种质疑的好习惯，一定能让他学会思考，获取新知。可最近呢，他不但好奇心强，问题多，而且开始给我出考题，考考我对各种问题和现象的理解认识，然后，他就像个小老师一样，公布答案并做出解释和评论。

"有这样三位同学，妈妈，说说你最喜欢他们中的哪一个，并给出理由。A 同学：头脑十分聪明，成绩特别优异，就是有点自私，同学们有困难去找他，他总是以各种理由推托，想办法绕开麻烦。他的最大优势就是学习好，是我们班公认的学霸，也是很多同学学习的榜样、追赶的目标。B 同学：成绩不太理想，智力也一般，但品行好，善良，勇敢，集体荣誉感强，热心帮助同学，爱劳动，班里的脏活累活他都抢着干，同学们都喜欢和他交往。C 同学：比较聪明，就是有一点懒，学习不够努力，所以成绩一般，但喜欢帮助同学，朋友很多，尤其是他很幽默风趣，课下给同学们讲好多笑话和脑筋急转弯，还自编自导户外小游戏，给同学们带来无穷的轻松和欢乐。"

我听出了儿子的小心思：这三位同学是他们班里的三个典型代表，备受大家的关注，其中 A 同学是赵某某，是师生公认又羡慕嫉妒的学霸；B 同学是陈某某，他们班的班长，威信较高，就是成绩不好；C 同学嘛，我一听就知道说的是他自己。我发现了暗藏在这道选择题中的玄机：他是想从我做选择题的态度中，找到我对他关注的对象的真实看法以及对他本人的客观评价。我想，我的回答可能会直接影响到他做人做事的态度和方式，所以，我打算先让他自己进行思考和判断。

"我很想听听你是怎么看待这三个同学的。"我顺势把球踢给了儿子。

"我认为，学习成绩固然很重要，但人品更重要。不是有这样一句话吗？有才有德是'精品'，有德无才是'次品'，无德无才是'废品'，有才无德是'危险品'……"儿子的回答印证了他的思想："德"比"才"重要。我知道他这样解释的真正动因：在他的意识中，成绩的好坏是极为"权威"的评价指标，可他自己偏偏不是个学习上占优势的主儿。所以，他为了给自己寻找一个在学校继续"生存"下去的理由和勇气，便极力地搜索他自己身上除成绩之外的其余优势。

"嗯，我同意你的看法，推崇'德才兼备，以德为先'的人才观。你们现在已经是初中学生了，正处于身心迅猛发展的青春期，是培养各种适应社会及终身发展的必备品格和关键能力的黄金期，你们要抓住这一时期，从德、智、体、美等方面成长自己，努力成为具备各种核心素养的全面发展的人。"自认为，我的这番回答比较完美，上纲上线，放之四海而皆准。

"妈妈，如果让你选择一个最喜欢的同学呢？"儿子的不依不饶，是在提醒我要明晰概念，读懂题干，必须从三个选项中做出选择和判断。换句话说，他想弄清楚我是不是认可和接纳"他"。

"这三个同学我都喜欢。因为他们都有自己的优点和长处，但又同时具备这样或那样的缺点和不足。我是教师，我可以耐心地教育他们，引导他们朝着更全面、更健康的方向去发展和成长。不过，如果非要让我从中选一个的话，嗯，我还是喜欢 C 同学，因为，他很聪明，也很幽默，心地善良，能主动帮助同学，能给大家带来欢乐，他在同学们的心目中形象不错，威信不低，说明他很受大家的欢迎，与人交往的能力强，情商高，只是因为偷懒没有付出足够的努力，成绩暂时落后，不过没关系，只是暂时而已，人都是处在变化中的，尤其是男孩子，一旦觉醒了，开始努力了，便一发不可收拾，成绩嗖嗖地上升，就会创造'不鸣则已，一鸣惊人'的奇迹，所以，我很看好 C 同学哦！"

儿子抿了抿嘴，高兴地使劲儿扒拉着碗里的饭。

❋说给家长❋ 看似是一道简单的选择题，却隐含着孩子对人生的思考和对事物的价值判断。只要我们用心，就能找到其中的玄机，正确地加以干预和引导，就能达到最佳的教育效果。孩子的心机不露声色，我们的教育也不露声色，这种"看不见"的教育，更能潜移默化，润物无声。

儿子给我算了一笔账

"妈妈，你一个月能挣多少钱?"儿子突然问我工资收入。

"嗯，五六千吧!"我如实"交代"。

"爸爸，你一个月能挣多少钱?"儿子又问。

"和妈妈差不多，也是五六千。"孩儿他爸更是直言不讳。

这下，家里的"隐私"在儿子的追问下彻底泄露。

"嗯，我们家现在的经济状况还不错，爸爸妈妈，你们的收入加起来，一个月有一万多元了，能达到小康水平了吧!"儿子计算着，笑容可掬。

看着儿子"得意"的神情，我也顺水推舟地说:"怎么样，感谢我和你爸爸吧! 有了我们的奋斗，我们家才过上了幸福美满的小日子，你也得加油哦，为我们的家出一份力、建一份功!"

"妈妈，我会努力的! 我将来一定比你和爸爸挣的钱多，我们家也一定会比现在过得更好!"儿子信誓旦旦地说。

哈哈，这话听着真是顺耳，煞是好听! 那一刻，我似乎看到了儿子描述的极其"美好"的未来。

岂料，就在这个时候，小家伙话锋一转:"如果，我是说如果，我现在没有好好学习，将来成为了一个游手好闲、不务正业的'败家子'，那么，你和爸爸辛辛苦苦挣来的积蓄，可能就被我一朝挥霍殆尽，我会越来越糟糕，你们会越来越焦虑，我们的家会一步步走向衰败……到那个时候，我们家就赔大了!"

儿子的一番话，让我的心情像过山车一样，瞬间从峰顶跌落到了谷底。一时间，我竟然怔住了，瞠目结舌，无言以对，只觉得浑身一阵阵地冒冷汗。

"所以说，爸爸、妈妈，你们好好干工作，我全力支持！但与此同时，你们也一定要好好教育我，严格管理我，高标准要求我，花时间陪陪我，我有时候总管不住自己，总想偷懒，总是贪玩，希望你们能多帮帮我，不能放弃我，不能不管我……"儿子倾诉着他的肺腑之言，眼睛里闪着泪花。

我和孩儿他爸心中如五味杂陈，有内疚，也有欣喜。内疚的是我们对孩子悉心陪伴时间上的亏欠，欣喜的是我们感受到了儿子对父母教育的强烈需求。

感谢儿子用他独有的方式，给我们上了一堂生动的家庭教育课。

❋**说给家长**❋ 孩子的成长是一种生命的自觉，你关注或不关注，他们都在悄悄长大。然而，要让孩子健康、快乐、幸福地成长，父母就要准时出现在孩子的世界里，准备好雨露和阳光，满怀希望和感动，静等花开。父母是孩子人生中的第一任老师，父母的教育智慧，直接影响着孩子的生存质量，在孩子成长的过程中，父母不能缺席，教育不能缺位。孩子的血脉里流淌着父母的血液，细胞里携带着父母的基因，孩子是父母生命的延续，更是祖国的未来、民族的希望。父母工作再忙，也要抽出时间陪孩子，手头事务再重要，也要履行教育子女的职责和义务。因为，教育好我们的孩子，是一笔稳赚不赔的大买卖，对家庭如此，对国家亦是如此。

冷　战

儿子和我说好了，跟小朋友出去玩滑板，半个小时准时回来，陪我一起做家务。可是，半个小时过去了，这臭小子还没回家。我想，他一定是玩疯了，玩野了，早把自己的承诺抛到九霄云外了。

我开始自己做家务。可随着时间的推移，我心中的怒火也在急速发酵：真是个没责任心的家伙，言而无信，失信于人，这是做人底线的问题……我一边干着活儿，一边嘟囔着，也一边酝酿着心中的强烈不满和坏情绪。一个小时过去了，那"不争气"的敲门声突然急促响起。

"妈妈，我回来了！"他放下滑板，咕咚咕咚喝了一大杯凉白开。

我瞥了他一眼，就是不搭腔。

"妈妈，我和小朋友比赛玩滑板，你猜谁赢了？"听得出，儿子仍沉浸在刚才疯野玩耍的场景里。

我继续埋头干活儿，还是没理他。

这时，儿子觉察出我的不对劲儿了，试探性地说："妈妈，我刚才忘记看时间了……我帮你做家务吧！"说着，儿子就从我手里夺走了拖把，十分卖力地拖了起来。

对我献殷勤？哼！我才不搭理你呢！谁叫你不讲信用，只知道贪玩，长大了可怎么办啊！不行，这回算你撞到枪口上了，看我怎么教训你！我要让你知道：妈妈很生气，后果很严重！于是，我找了一块抹布，窝着火、带着气儿，胡乱地擦起来。

"妈妈，对不起，我错了。妈妈，您别生气了，今天的家务活，我全包了！嘿嘿！"儿子为了讨好我，耍着嘴皮子，扮着鬼脸。

告诉你，臭小子！我的气还没消呢！别惹我，烦着呢！再惹我，有你好果子吃！我一边心里念叨着，一边使劲儿地擦着桌子，还故意把桌子上的物品弄出"咣咣咣"的声响来，以表达自己的抱怨和不满。

没想到，慢慢地，儿子也不说话了，闷不作声地拖着地板。又过了一会儿，儿子拖地的速度越来越慢，节奏越来越乱。后来，他干脆把拖把一扔，撂挑子，不干了！再后来，只听"砰"的一声，他关上了自己的房门，躲在里面，再也不出来了。

客厅里，只剩我一个人，傻傻地呆在那儿，仍旧一句话也说不出来。

❈说给家长❈ 孩子犯了错误，可能会心虚、恐惧、不安和内疚，孩子也会用自己的方式向父母示好，给父母道歉，希望得到父母的谅解。可是，有的父母就爱和孩子记仇、较劲，对孩子的过错耿耿于怀、不依不饶，要么大吼大叫、歇斯底里，要么不理不睬、冷战僵持，任凭孩子怎么说、怎么做，父母就是不理他。这时，孩子的情绪就会从一开始的"内疚"变成"愤怒"，继而再从"愤怒"变成"失望"，以致最后从"失望"变成"叛逆"。生活中，父母和孩子较劲的情况随处可见。记得有一次，我在路边看到一个五六岁的女孩儿跪在地上，抱着妈妈的腿哭喊着："妈妈，我错了，我错了……"可那个妈妈就是不理她，头扭向一边，乌青着脸。结果，妈妈越不理她，孩子就越是抱着妈妈的腿，撕心裂肺地哇哇大哭。原因是，孩子强烈地感受到自己被排斥，急切地想得到妈妈的原谅和妥协，可妈妈的态度，让孩子体会到了彻底的无助和失望。父母跟孩子赌气、较劲，和孩子保持冷战，这种行为，就是一种冷暴力，就是一种态度的蛮横和专制，这样的经历会给孩子造成严重的心理伤害，甚至很多年后，孩子仍能回忆起当时的场景。所以说，父母作为未成年孩子的监护人，是家里制定规则和底线的人，但在规则落实的过程中，也要给孩子留出弹性的空间，让孩子感受到父母的关爱、同情与容忍。再者，父母作为成年人，不要总是站在大人的角度去看待孩子的过错，孩子心智尚未成熟，犯错是经常的事情，其实，孩子就是在犯错和纠错的过程中慢慢长大的。父母要有一颗宽容心、同理心，要允许孩子犯错误，给孩子改过的机会，学会原谅，学会妥协，学会用发展的眼光看待孩子的过错，只有这样，孩子才不会成为父母的敌人，而是成为父母的盟友。

胆 小 鬼

今天观摩了杜妍老师的一堂语文课。杜老师和孩子们一起品读了三毛的一篇现代散文《胆小鬼》，文长三千五百字，描述了三毛小时候"偷钱"的故事。因触动很大，想分享给大家。

也就在那么一个星期天，走进母亲的睡房，看见五斗柜上躺着一张红票子——五块钱。

…………

对着那张静静躺着的红票子，我的呼吸开始急促起来，两手握得紧紧的，眼光离不开它。

当我再有知觉的时候，已经站在花园的桂花树下，摸摸口袋，那张票子随着出来了，在口袋里。

没敢回房间去，没敢去买东西，没敢跟任何人讲话，悄悄地蹲在院子里玩泥巴。母亲喊吃中饭，勉勉强强上了桌。才喝了一口汤呢，便听母亲喃喃自语："奇怪，才搁的一张五块钱怎么不见了?"姐姐和弟弟乖乖地吃饭，没有搭理，我却说了："是不是你忘了地方，根本没有拿出来?"母亲说不可能的，我接触到父亲的眼光，一口滚汤咽下去，烫得脸都红了。

…………

还是被捉到床上去了，母亲不准我穿长裤去睡，硬要来脱我的裤子，当她的手碰到我的长裤口袋时，我呼一下又涨红了脸，挣扎

215

着翻了一个身，喊说头痛头痛，不肯她碰我。

那个样子的确像在发高烧，口袋里的五块钱就如汤里面滚烫的小排骨一样，时时刻刻烫着我的腿。

"我看妹妹有点发烧，不晓得要不要去看看医生。"

听见母亲有些担心地在低声跟父亲商量，又见父亲拿出了一支热度计在甩。我将眼睛再度闭上，假装睡着了。姿势是半斜的，紧紧压住右面的口袋。

…………

我的手轻轻摸过那张钞票，已经快黄昏了，它仍然用不掉。晚上长裤势必脱了换睡衣，睡衣没有口袋，那张钞票怎么藏？万一母亲洗衣服，摸出钱来，又怎么了得？书包里不能放，父亲等我们入睡了就去检查的。鞋里不能藏，早晨穿鞋母亲会在一旁看。抽屉更不能藏，大弟会去翻。除了这些地方，一个小孩子是没有地方了，毕竟属于我们的角落是太少了。

…………

当天晚上我仍然被拉着去看了医生。据母亲说给医生的病况是：一天都脸红，烦躁，不肯讲话，吃不下东西，魂不守舍，大约是感冒了。医生说看不出有什么病，也没有发烧，只说早些睡了，明天好上学去。

我被拉去洗澡，母亲要脱我的衣服，我不肯，开始小声地哭，脸通红的，哭了一会儿，发觉家里的工人玉珍蹲着在给洗腿，这才松了一口气。

那五块钱仍在口袋里。

穿了睡衣，钱跟过来了，握在拳头里，躲在浴室不出来。大弟几次拿拳头敲门，也不肯开。等到我们小孩都已上了床，母亲才去浴室，父亲在客厅坐着。

我赤着脚快步跑进母亲的睡房，将钱卷成一团，快速地丢到五斗柜跟墙壁的夹缝里去，这才逃回床上，长长地松了口气。那个晚上，想到许多的梦想因为自己的胆小而付诸东流，心里酸酸的。

"不吃下这碗稀饭，不许去上学。"

我们三个孩子愁眉苦脸地对着早餐，母亲照例在监视，一个平淡的早晨又开始了。

"你的钱找到了没有？"我问母亲。

"等你们上学了才去找——快吃呀！"母亲递上来一个煮蛋。

我吃了饭，背好书包，忍不住走到母亲的睡房去打了一个转，出来的时候喊着："妈妈，你的钱原来掉在夹缝里去了。"母亲放下了碗，走进去，捡起了钱说："大概是风吹的吧！找到了就好。"

那时，父亲的眼光轻轻地掠了我一眼，我脸红得又像发烧，匆匆地跑出门去，忘了说再见。

偷钱的故事就那么平平淡淡地过去了。

奇怪的是，那次之后，父母突然管起我们的零用钱来，每个小孩一个月一块钱，自己记账，用完了可以商量预支下个月的，预支满两个月，就得——忍耐。

…………

等到我长大以后，跟母亲说起偷钱的事，她笑说她不记得了。又反问："怎么后来没有再偷了呢？"我说那个滋味并不好受。说着说着，发觉姐姐弟弟们在笑，原来都偷过钱，也都感觉不好过，这一段往事，就过去了。

❊说给家长❊　偷钱，这样一次童年的回忆，一个许多人共同的出轨经验，在三毛的笔下，如此一幕幕地排演到读者面前，真是栩栩如生，好像看电影一样。没有讲理，没有说教，而寓教化于诙谐之中，耐人寻味。读完这篇散文，我心生敬佩。不只是折服于三毛的文学功底，更敬佩三毛父母的教育智慧——这种智慧，还一直被"隐藏"得很好。

一是父母看透不说透。孩子犯错误是再正常不过的事了。孩子就是在犯错、知错、认错、纠错的过程中，渐渐成熟，慢慢长大。三毛的父母没有刻意地扩大"错误"的负面影响，也没有强化"犯错"的严重后果，而是悄悄地保护了一个孩子本已伤痕累累、千疮百孔的自尊心。"母亲放下了碗，走进去，捡起了钱说：'大概是风吹的吧！找到了就好。'"是的，一切显得那么自然、平静，好像什么事都没有发生过，以至于让三毛觉得"偷钱的故事就那么平平淡淡地过去了"。直到最后，三毛还在纳闷："奇怪的是，那次之后，父母'突然'管起我们的零用钱来……"后来，三毛回忆道："等到我长大以后，跟母亲说起偷钱的事，母亲笑说她不记得了。"我想，母亲不是不记得了，而是在装糊涂，因为母亲不想去揭孩子犯错的伤疤，过去如此，现在亦是如此。由偷钱引发的心理斗争，已经让三毛体会到"那个滋味并不好受"了，教育已经到位，父母不想在孩子的伤口上撒盐，令其更加痛苦、羞辱和难堪。当然，也或许是父母觉得，在没有取得确凿证据之前，是不能对孩子妄下结论和判断的；或许是父母已经有所觉察，只是不愿意揭穿，试图维护孩子稚嫩的尊严；或许是父母愿意就这样慢慢地等着，等着孩子内心斗争结束的时刻，等着孩子完成自我觉醒的结果。我想，这应该就是最好的教育吧——不动声色，润物无声，觉不出，也看不见。

二是父母的爱不打折扣。父母对孩子的觉察，天生具有超乎想象的敏感度。细心的父母早就看出孩子一反常态的小举止和波动厉害的小心思，可三毛的父母并没有怪罪她，而是一如既往，甚至"变本加厉"地去关心照顾她。"'我看妹妹有点发烧，不晓得要不要去看看医生'……母亲有些担心地在低声跟父亲商量，又见父亲拿出了一支热度计在甩。"孩子生病了，最揪心的莫过于父母。而且，父母的这份"疼爱"，丝毫不受孩子"犯错"的影响，既不会降级，也不会打折。"当天晚上我仍然被拉着去看了医生。据母亲说给医生的病况是：一天都脸红，烦躁，不肯讲话，吃不下东西，魂不守舍，大约是感冒了。"虽说不是什么大病，但一反常态的表现，仍然引起了父母的关注和焦虑。"'等你们上学了才去找——快吃呀！'母亲递上来一个煮蛋。"比起吃饭和上学，丢钱这事儿，在父母眼中，似乎并不那么重要。父母这种无条件的、不打折扣的

"爱"，足以融化孩子内心的坚冰，动摇孩子继续"装"下去和"错"下去的贪心和任性。

三是父母的权威不容"冒犯"。权威不是蛮横专制，不是居高临下，也不是管控压制，权威是一种极其崇高的影响力。正是因为父亲一以贯之的权威，才让三毛自始至终一直担心偷钱的严重后果。"我接触到父亲的眼光，一口滚汤咽下去，烫得脸都红了。"父爱无言，单凭一个眼神，就足以掀起孩子内心巨大的波澜。"那时，父亲的眼光轻轻地掠了我一眼，我脸红得又像发烧，匆匆地跑出门去，忘了说再见。"在权威的压力下，引发三毛一系列的思想斗争，最终她还是战胜了自我，把钱还了回去，这是一个了不起的胜利。"母亲说：'不吃下这碗稀饭，不许去上学。'""'你的钱找到了没有？'我问母亲。'等你们上学了才去找——快吃呀！'母亲递上来一个煮蛋。"父母的关爱，不容置疑，也不能拒绝。父母无须多言，只需将权威根植于对孩子真挚的爱中，孩子就会变成不折不扣的"胆小鬼"，孩子的行动便化作一种无声的顺从和生命的自觉。"那次之后，父母突然管起我们的零用钱来，每个小孩一个月一块钱，自己记账，用完了可以商量预支下个月的，预支满两个月，就得——忍耐。"父母是孩子的监护人，必须行使监护的职责和教育的义务，发现问题及时调整管理对策，虽然不动声色，不露痕迹，却也出拳有力，直击要害。

我曾想，如果三毛的父母换一种管理方式或教育视角，取而代之的是：大吼大叫、不依不饶，当面对质、无情揭穿，得理不饶、抓住不放……那么，后果将会怎样？

所以，佩服三毛的父母！

二十元钱的代价

沙发扶手上的二十元钱怎么不见了？明明是我亲手放在那儿的，真见鬼！

我在沙发周围翻找着，着急、焦虑、担心、恐慌……一时间，迅速发酵。倒不是因为损失了二十元钱，而是特别害怕二十元钱背后隐藏的和"偷窃""家贼"有着千丝万缕联系的不好的东西。

我带着重重疑虑，寻找着各种蛛丝马迹，但最终，我还是把怀疑的目光投向了正坐在沙发上看书的他。

"儿子，看到沙发扶手上放的二十元钱了吗？"

正沉浸在阅读中的儿子，突然被我不友善的冒犯打断，极不情愿地把头从书中拽了出来，斜着眼睛看了看我。"哦？二十元钱？我没看见！"说完，他又把头埋进了书里。

"还真是奇怪了！好好的二十元钱，怎么会不翼而飞？"我的语气开始有点质问的味道了。

"妈妈，我真没见！你是不是怀疑我？"儿子有点不高兴。

"我不是怀疑你，我亲手放在沙发上的钱，现在找不到了！我们家一共三口人，除了我，应该不会是你爸爸吧！那你说……"我是真的说不下去了，但头脑中的思维惯性仍旧想当然地这般强行推理。

"所以说，你就断定是我拿的，对吧？妈妈，这也太离谱了吧！"儿子红着眼睛，声音高了八度。

"我说是你拿的吗？你激动什么呀！是不是心虚了？"我的质问

穷追不舍，不依不饶。

我似乎已经证据确凿，反复地在脑海中勾画出一幅幅鲜活而罪恶的画面：儿子拿着"偷"来的二十元钱，在小区门口的商店里疯狂地买辣条，买拼装玩具，买圣斗士扑克牌；在游乐场里，疯一样地体验方程式赛车，玩打靶射击，闯关密室逃脱；在学校附近的流动摊点，跟同学吃关东煮，喝碳酸饮料，吃臭干子、烤面筋。这些画面，一直让我深恶痛绝，虽然三令五申，却也屡禁不止。

从画面中抽身出来，我瞅瞅坐在沙发上的那个"坏"家伙，只见他翻着白眼，撇着小嘴，拧着脑袋，涨红腮帮，一丝丝诡异的神情，划过他贼溜溜的眼睛，那表情，咋看咋像是谎话篓子！那张脸，简直就写着"我拿了"几个字嘛！

我的目光犀利而坚定，毫无遮挡地朝儿子的方向穿刺过去，我的心里默念着："是的！我今天就是要扮个黑脸！就是要好好教训教训你！偷窃？撒谎？哼，在你老妈这儿，绝对的零容忍！"

可谁又能料到，戏曲性的一幕还是发生了，就在老公进门的那一刻。

"嗨！气氛好严肃啊，出什么事了？"老公一边换拖鞋，一边试探性地问。

儿子没搭腔，表现出前所未有的沉默。

"也没什么大事，我只是在追查放在沙发扶手上的二十元钱的下落。"我边说边努力保持着所谓的理智。

"哦？二十元钱？早晨我出去买饭的时候花掉了呀！有什么问题吗？"老公一脸的无辜和坦诚。

"什么?! 你拿走了?! 我的天哪！为什么不早说！害得我兴师动众地追查！我还以为……"当我带着万分的歉意，试图搜索刚才还坐在沙发上的儿子时，就听咣当一声，儿子的房门锁上了，狠狠地，久久地，紧紧地。

空气瞬间凝固了。客厅里，只剩下瞠目结舌的我，和一头雾水的孩儿他爸。

这二十元钱，代价是惨重的。

我不知道，儿子因此造成的心灵创伤，需要多久，才能治愈。

❋说给家长❋ 信任，是维系良好亲子关系的纽带。父母是孩子坚强的后盾和温暖的依靠，是孩子可以倾诉成长烦恼的最信赖的人，也是孩子最安全的心灵避风港湾。如果父母不信任自己的孩子，对孩子来说，是一种伤害，甚至是灭顶之灾。生活中，很多父母对孩子缺乏足够的信任，尤其是一些"闯祸"事件，在没有调查清楚前，父母总是"理所当然"地怀疑是孩子所为，因为在父母眼中，孩子总是惹祸，总是犯错。父母的不冷静，导致了对事件的错误判断，妄下结论，乱贴标签，草率批评，鲁莽教育，这让孩子无所适从，痛苦万分。一开始，对于父母的不信任，孩子会极力地反驳和解释，继而，孩子就会变得愤怒与仇恨，最终，父母的不信任会让孩子走向麻木和绝望。父母对孩子的不信任，换来的是孩子对父母的不信任，孩子的心会渐渐远离父母，躲在一个小角落里上了锁，而当孩子的心门紧闭时，父母的所有教育都是徒劳。

语言暴力

地铁站里，人群熙攘。因为空间狭小，空气难以流通。七月份天气独有的"热"和人们排队焦急等待的"烦"，胡乱地交织在一起，让人窒息。

我挤在人群中间，蜗牛般缓慢移动着碎碎的脚步。因为知道改变不了现状，所以说服自己改变心态：不热，那还是夏天？不挤，那还叫地铁？不管怎样，总比太阳底下凉快多了！无论如何，总比春运的客流量少了……这样想，挺管用，心慢慢平静下来，至少不再那么急头怪脑，也开始有些许的心情，去看看周围的人和事儿了。

站在我身边的是一家四口：男人拖着皮箱，拎着大包，衬衫被汗水浸透了大半截。男人眉头紧皱，目光里透露着烦躁，看样子，他心情不好。前面站着的女人，怀里抱着几个月大的男孩儿，还不会说话，只管哼哼唧唧地扭动着身体，以表达对闷热天气的不满，这也引来了女人不耐烦的唠叨。在男人和女人之间的狭小缝隙里，站着一个小女孩儿，五六岁的样子，只有她还保持着一份单纯的小开心，在不宽敞的空间里，踮着脚尖，伸长脖子，十分好奇地东看看，西瞅瞅。

爱动是孩子的天性。小女孩儿在一次踮起脚尖时，没有站稳，一个趔趄撞在了旁边男人的身上。一个不小心的小举动，却引来了男人雄狮般的吼叫："找死啊！滚！站你妈那儿去！"我打了一个寒战，觉得听错了，因为如此伤人的话，怎么能从一个父亲的嘴里赤裸裸又恶狠狠地迸出来呢？

我赶紧把目光聚集到小女孩儿身上，害怕会有什么不好的事情发生。显然，小女孩儿已经被吓到了：她涨红了脸，一动不动地站在原地，眼睛里充满了恐惧和不安，她偷偷地朝那个凶巴巴的男人看了一眼，又赶紧把目光躲闪开去。小女孩儿本能地朝女人身边靠了靠，女人没有任何反应，但我敢保证，她一定听到了刚才男人的恶语。

这时，女人怀里的小男孩儿，双手乱抓乱挠，一把揪住了小女孩儿的马尾辫，使劲地揪着。小女孩儿"哎哟"了一声，忍着痛，小心翼翼地掰开男孩儿胖乎乎的小手。"弟弟还小，能有多大劲儿啊！抓你一下，能死呀！你看你把弟弟的手都掰红了！"女人严厉地教训了小女孩儿，接着，就十分夸张地在男孩儿的小手上吹了又吹。

我的心似乎被什么东西狠狠地拧了一把，很疼，很难受。在刚刚发生的一幕中，父母的话虽不多，但句句直戳小女孩儿的痛点。我不忍去看小女孩儿的表情，但我知道，她那里一定有被语言暴力彻底击碎了的幼小的自尊。

❈说给家长❈ 语言暴力，就是使用谩骂、诋毁、蔑视、嘲笑等侮辱歧视性的语言，致使他人的精神上和心理上遭到侵犯和损害。很多时候，父母无意中的一句气话，就能把孩子逼上绝路。曾经看过这样一条新闻，一位姑娘因为高考发挥失常，极度沮丧，可就在这时，父亲说了一句："考得这么差，怎么不去死啊！"明明是一句气话，可那情那景下，姑娘信以为真了，留下一封"让你失望了"的遗书，就跳楼自杀了。人们总把语言的杀伤力挂在嘴边，却没有什么概念，直到这样的惨剧发生时，我们才发现，语言的杀伤力可以强大到用一句话杀死一个人。沈阳市曾经对少管所孩子的犯罪根源做了一个调查，结果让所有人大吃一惊：一半以上孩子的童年，都遭受过父母的精神虐待。这些孩子的童年时期，无一例外在"猪脑子""就知道吃""你看看人家孩子""谁都比你强""你怎么不去死"的辱骂中度过。他们变得自卑，自我厌恶，积累大量的负面情绪且很难排解，直到演变成他们手中可以致命的刀和枪。当孩子的心理变得扭曲，上演一出出惨剧时，或许他们的家长怎么也不会想到，那一句句暴力性的语言，化作了一把把无形的利剑，刺穿了孩子的心灵，摧毁了孩子的一生。

他还是个孩子

难得我晚上下班回家早了一点，难得正值初中毕业班的儿子还没有睡着。

我故作轻松地坐在他的床边，准备和他聊一些关于初四学习减压的话题。可当我仔细端详他的时候，我突然发觉：儿子近一米八的大个儿，却长着一张孩子一样稚嫩懵懂的小脸儿，我忍不住笑了。我本能地伸出一只手，轻轻地卡住了他的脖子，像他小时候一样，挠他的痒痒肉。儿子缩着脖子，挥舞着两只大长胳膊，眼睛眯成了一条缝，憨笑声一阵接一阵，很滑稽，很好笑，很放松，很惬意。而我，却突然感觉很心酸、很愧疚。是啊，好久没有这样了。平时工作太忙，没有空闲时间和儿子深度沟通，也总觉得他上初中了，长大了，再也用不着这种幼稚而搞笑的交流方式了。但刚才的一幕，让我突然有所感悟：即便是上了初中，或者个子长得再高，在妈妈眼中，他还是个孩子，也永远是个孩子……也许，给他讲一大堆的道理，都抵不上我满心欢喜的一个"挠痒痒"的动作。

❀说给家长❀ 爱需要表达，而表达的方式不拘泥于形式。只要孩子乐于接受，家长又是满心欢喜，就能够进一步优化亲子关系，能够让孩子感受到父母对自己的喜欢和宠爱。一个有爱的家庭，能够培养出有爱的孩子，一个温暖的环境，能够生长出温暖的人性。

生活是最好的教科书

儿子要参加中考了，我总要嘱咐几句的。

我说："不要花费太多的时间在不会做的题目上，可以隔过去，首先保证把会做的题目做完。"

儿子说："我知道！上一次物理考试，我在一道题上纠结了半天，也没想出解题思路，耽误了不少时间，而最后的两道大题，也没来得及认真思考，吃了大亏。"

我说："所有题目最好不要空着，只要作答，就有机会得分，但如果空着，一定是零分。"

儿子说："我知道！上次做一道数学题，我猜到了最后的结论，但却不知道怎么证明出来，最后我只把结论写上了，没想到还得了几分呢！"

我说："一定要留足时间填写答题卡，别到最后手忙脚乱，留下遗憾。"

儿子说："我知道！上一次模拟考试，我们班某某同学就是因为没有及时填写答题卡，结果考试结束铃声响起时，他的手哆嗦得厉害，一个字也写不成了，教训很深刻啊！"

呵呵，这次谈话效果还不错，主要是因为有儿子的生活经验做基础，我的"说教"才与他产生共鸣并被认同。

✻说给家长✻　父母的单纯说教远不及孩子的亲身经历、切身体验更加直接和奏效。生活实践是孩子最好的教科书，亲身体验才是孩子真正意义上的获得。

母爱似水，父爱如山

　　帮刚参加完中考的儿子收拾物品，无意中翻看了他搜集整理的中考备考作文。

　　平时很少细读他的文章，现在看来，儿子的文笔还算不错，尤其喜欢他的语言风格。我发现他的很多文章中都提到了他爸爸，而我这个妈妈却很少在他的文章中出现。儿子今年十五岁，一米八的大个儿，心理年龄尚不成熟，至少在我这个妈妈眼中，他永远是个孩子。清晰记得：每次放学回家，儿子总喜欢跟在我的身后，给我讲他班里发生的稀罕事儿，讲他遇到的烦心事儿、开心事儿，我走到哪个屋，他就寸步不离地跟到哪个屋，当然，我也总是饶有兴致地听，偶尔也会轻轻附和；当我站在梳妆镜前梳洗打扮时，儿子就会赶紧凑过来，与我肩并肩站着，我仰头看看他，他诡异地笑笑说："别介意，我就是来找点自信！"呵呵，允许！谁让他比我高二十多公分；每天晚上，儿子总会在学习的空当跑到我跟前，打两套拳，哼几首歌，做几个鬼脸，但他从来不会在他爸爸面前出这样的"洋相"……这些镜头时刻浮现在我的脑海中，然而在儿子的文章中，却鲜有提及。但在儿子的文章里却详细记录了他爸爸弓着腰、又着腿费劲吃力地爬到车底帮他找滑板的情景；记录了他爸爸口口声声说不准他养宠物狗但却总是自作主张地从网上给球球（家里曾经饲养的宠物狗）购买狗窝、狗粮、狗被子、狗玩具的事情；记录了他爸爸说自己不热不渴但却在他吃剩下的冰镇西瓜皮壳里挖了又挖、刮了又刮；记录了他自己去认考场走了不少弯路、浪费了不少时间后觉得十分委屈时，他爸爸却教训他说："连考场都找不到，还考什么试！"……没想到这些生活"微镜头"竟然默不作声地印刻在儿子的成长手册中。表面看起来，儿子跟我这个妈妈很黏糊，但对他有深远影响的还是他爸爸。

❋**说给家长**❋　　母爱似水，父爱如山。父母在孩子的生命中各自扮演着不同的角色，亲子之间也时刻发生着具有各种教育意义和影响的大事小情，有的和风细雨，润物无声，有的惊天动地，刻骨铭心，然而这所有的一切，都将化为孩子成长过程中必不可少的体验和经历。在孩子的生命中，父母任何一方的爱，最好都不缺席。

从"唠唠叨"到"静悄悄"

正在和读初四毕业班的儿子沟通。他说:"挺累。"我说:"大家都累。"他说:"不喜欢晚上写作业,很困。"我说:"我喜欢晚上写稿子,很静。"他说:"我们学校毕业班的学生最辛苦。"我说:"我们学校毕业班的孩子也不轻松。"他说:"你不心疼我吗?"我说:"我不但心疼你,还心疼我们学校毕业班的孩子。"他说:"你是校长,心疼学生就'改革'嘛。"我说:"大家都在努力,我们可不敢放松。"他说:"至少你们放松了,我们的压力就会相应减小。"我说:"呵呵,也是,但,不能……"僵持片刻后,我说:"儿子,刚买的香蕉,吃吧。"他说:"不吃,浪费时间,写作业去了。"我说:"做完作业,去洗个澡吧。"他说:"洗澡会让人放松,肌肉一旦放松,就很难紧张起来,影响体育测试成绩。"所以,中考前,他是不打算洗澡了……看来,这番谈话让儿子的内心受到了触动。

❋**说给家长**❋　当孩子觉察到你在教育他时,教育就已经宣布结束了。关于教育,很多时候兴师动众的"唠唠叨",抵不上润物无声的"静悄悄"。教育不一定兴师动众,教育其实就隐藏在日常生活的琐事小情中。

231

延迟满足

家离学校这么近，要什么电动自行车？嗯，就是因为有同学在骑，儿子也要尝尝鲜。我和他爸达成共识——不答应！当然，我和他爸始终保持着温和而坚定的态度。我和他爸问："骑电动自行车的理由和意义是什么？"小伙子无语。儿子脸一耷拉，把自己锁在屋里。随他去！有一种满足叫延迟满足！三天过后，儿子情绪很正常，看来，他的自我调整能力很强。我很高兴，时间解决了这个问题；我也很高兴，儿子完成了自我疏导和教育。

❋说给家长❋ 对于青春期的孩子，既不能有求必应，也不能死磕对抗。对抗不能解决问题，只能激化矛盾。让"满足"在时间轴上飞一会儿，跨过了某个敏感点，也许，随后的一切都将恢复平静。

手　机

暑假里，儿子完全拥有了一部手机。

这天晚上，我打算观察一下，看看手机和儿子生活之间到底有什么关联。我发现，从我下班开始，儿子用手机完成的事有：

从同学家扫了一辆共享单车，回到自己的家；打电话和我约好，要在外面吃饭；因为我的车限号，我和他搭了一辆出租车去一家小餐馆就餐，下车时，他用手机付了车费；进入小餐馆，他用手机点了餐，用我平时转给他的零花钱付了账；吃饭时，他通过手机向灾区捐了十元钱，又告诉我他在手机上了解到濮阳今明两天没有大雨，不用担心；接着他就给我讲述新闻报道河南的汛情；我吃饭比较慢，他在等我的时候，快速在手机上翻看并记忆了今天要背的英语单词；吃完饭，他用手机联系了他爸爸来餐馆门口接我们回家；在车上，我笨拙地搜索着想呼叫的联系人，车在颠簸，我眼神又不好，他立刻教我如何用语音输入"呼叫某某某"，挺好用；下车，进小区门口，他用手机刷了门禁；回到家，他通过手机和同学约好第二天早晨去龙湖锻炼身体；临睡前冲热水澡时，他用手机播放着他喜欢听的歌曲；躺在床上，他刷了几条抖音；然后用手机定好第二天的闹钟，又给手机充上电；再然后，他酣然入睡。

显然，手机已经成为他生活的一部分。我在想，如果没有手机，儿子今天晚上做的所有事，都会变得那么不一样。我也必须承认，儿子对手机的驾驭，优于我，强于我。

❉说给家长❉ 当我们把手机视为烫手的山芋，禁止孩子触碰的时候，孩子却靠着本能的对新生事物的好奇心和求知欲，大胆又大方地主动拥抱了手机。这就是信息时代，手机作为时代的产物，已经进入寻常百姓家，并和每一个人发生着密切的关联。一部手机，已经让我们的生活方式发生了变化，而我们能够做的，不是谈"机"色变，而是欣然接受，因为，禁止意味着强化。手机就像世界上所有的物品一样，其价值和影响是"正"还是"负"，取决于我们对其如何开发和使用。要让手机成为创造美好生活的工具，需要我们对孩子进行智慧引领，这其中包括家长的示范、教师的开导、生活的需要、自我的管理、环境的影响等等。

教育藏在"事不关己"的案例中

早饭后，我和爱人一起收拾碗筷。无意中，我们聊起昨天晚上发生在小区内的一件事。就这样，你一言我一语，我和爱人各自阐述着观点，发表着见解。没想到，我们"沉浸式"的讨论引起了正在书房做作业的儿子的注意。他镇定地从书房走了出来，像是提前做好了准备一样，对刚才我们谈及的话题进行了一番很有条理的分析和阐释。我和爱人互递了眼神，达成了默契，继而共同将话题引向更为深入的探讨。

❋说给家长❋　当家长站在第三方的角度去评析某个案例时，他们身旁"事不关己"的孩子也许就会主动思考并积极参与到案例讨论中来。在和家长一起激烈的辩论中，孩子的三观就会逐步形成。但如果该案例发生在孩子本人身上，家长又把孩子赤裸裸地作为"当事人"进行公开抨击和教育时，孩子可能会产生厌恶心理和抵触情绪，他就不会冷静、理智、全方位地审视发生在自己身上的这件事了，那么教育的效果就会大打折扣。

教育无声，影响有痕

晚饭后，我以自己眼神不好为由，拉上儿子陪我一起在小区里散步。我们一边散步，一边聊天，一切都显得那么和谐与默契。我说："儿子，你小时候可有意思了……""哦？说说看，怎么有意思了？"呵呵，看来，他很感兴趣。好吧，我就一件一件讲给他听。"小时候，你坐着学步车满屋子乱跑，一会儿跑到厕所拎个盆儿，一会儿跑到厨房拎一兜葱。"儿子大笑。我继续："你和小朋友一起跑着玩，边跑边喊'鬼来了'，接着你又跑到我这儿问：'妈妈，鬼能不能吃？'"儿子大笑。我继续："我和你爸爸准备领着你去看大海，你高兴得手舞足蹈，但突然又问：'大海咬人吗？'"哈哈。"小时候你刚学会说话，而且不管问你什么，你都是回答'没有'，有一天，爷爷从老家来看你，满心欢喜地抱着你问：'想爷爷了没有？'你回答得倒很干脆——没有！"儿子又大笑。就这样，我开心又兴奋地给儿子讲述他小时候有趣的事儿，儿子也饶有兴致地倾听，而在整个过程中，我始终做出幸福感爆棚的样子，我也觉察到儿子内心已经升腾起"被关注""被宠爱""被喜欢"的满满幸福感。

❈说给家长❈ 亲其师，信其道。良好的亲子关系是教育的前提、基础和保障。家长要花费更多的心思和智慧对亲子关系进行最大限度的融洽与优化。很多时候，教育也不需要兴师动众、有板有眼，最好的教育应该是潜移默化、润物无声、水到渠成的影响和改变。

疼在儿身，痛在娘心

晚饭后，儿子陪我散步。不远处，一个两三岁的小男孩儿不小心从滑板车上摔下来，号啕大哭。孩子的妈妈赶紧跑过去，把孩子扶起来，认真检查他身上有没有受伤，并心疼地把孩子搂在怀里，边拍边哄："不哭了，乖，不哭了。"看到这一幕，儿子扑哧一声笑了，说："自己摔倒了，又不怨别人，哭什么？孩子妈妈也过于小题大做，太娇惯孩子了，跌倒了爬起来，也算是挫折教育嘛！"我也笑了笑，说："疼在儿身，痛在娘心啊！"儿子看着我，好像有所期待。我知道，"教育"可以开始了。"儿子，你小的时候，爸爸妈妈没睡过一个囫囵觉，不停地忙活给你喂奶、喂水、换尿布……为了科学喂养，我们把喂奶时间专门记录在一个笔记本上，提醒我们每隔两个小时给你喂一次奶……只要你醒着，我们就不知疲倦地陪着你玩，你睡着了，我们才能挤出时间忙家务……有一次，因为我的疏忽，你从床上掉了下来，重重摔在地上，你哇哇地哭，我也跟着哭……你刚出生时，因为血液感染，住进了儿童 ICU，医院每周只允许探视两次，我和你爸就天天盼星星、盼月亮，等到探视那天，我们早早地就在重症监护室门口等着了。你每天的医疗费都在两千元以上，但我们完全可以承受，而让我们难以承受的是：第一次探视，我看见你一个人孤零零地躺在保温箱里，安安静静地吮吸自己的手指，我哭了；第二次探视，我看见你用小脚踢开被子，又打了个喷嚏，却没有引起护士阿姨的注意，我哭了；第三次探视，我看见你的双

237

腿被医用布带吊起来，接受旁边暖光灯的照射，用来治疗小屁屁上的湿疹，那一刻我又哭了……记不清有多少个晚上，你发烧哭闹，我和你爸谁都不敢睡觉，不停地用滴加了酒精的温水给你物理降温，还有几次大半夜拦出租车抱着你去医院……儿子，你就是我们的心头肉、掌中宝，是我们生命的延续，爸爸妈妈一定会拼命护你周全。"儿子沉默不语，只是轻轻挽住了我的胳膊……我相信，这又是一次不露痕迹但却震撼心灵的教育。

❋说给家长❋ 最好的教育没有痕迹，虽然静悄悄，却来得震撼。良好的亲子关系是家庭教育的坚实基础。很多家长抱怨孩子烦躁、焦虑、逆反、叛逆、不愿沟通、不听劝告，其实，这些现象的根源都是亲子关系出现了问题。所以，请珍惜亲子共处的时光，并努力让这段时光美好而惬意、舒适而难忘。

微笑是甜味剂

下班，回小区，乘电梯。电梯门打开，我看到里面有三个人，一男、一女和男人怀里抱着的三岁左右的男孩儿。因为素不相识，所以我走进电梯后，便背对着他们，按下按钮，静静等待电梯上升。这时，我感觉有只小手在我身后轻轻拉我的头发，紧跟着，我就听到男人和女人轻轻的呵斥声："不要摸阿姨的头发，那样是不礼貌的。"我本能地回过头来，想对他们说点什么。可当小男孩儿看到我脸的一瞬间，眼睛立刻笑成一条缝，奶声奶气地说："阿姨真漂亮！"那一刻，我瞬间被暖化，好像除了开心，我什么也说不出口了。那一刻，在电梯这个小小的空间里，我们四个人都不约而同地笑出声来，尽管我们每个人都有各自开心的理由。再看小男孩儿，比刚才笑得更开心了。

晚饭后，我在小区里散步。一个四岁左右的小男孩儿骑着滑板车，迎面向我驶来。因为车速过快，又没有足够好的制动技术，小男孩儿一下子就撞到了我的身上，我也下意识地一把搂住了他……还好，有惊无险。家长在一旁大声呵斥："怎么不看路啊，你看撞到阿姨了没？还不赶紧说对不起！"我拍拍孩子的肩膀，除了善意的微笑，我什么也没说。小男孩儿看看我，也什么都没说，只是在一阵儿惶恐的表情之后，露出了歉意和被谅解的微笑。

❋说给家长❋ 童言无忌，透彻真实，简单到纯粹。微笑很神奇，无须多言，相视一笑，能融化坚冰，能吹散雾霾，能扑灭无名的怒火，能熨平紧皱的眉头。微笑是通行证，是甜味剂，微笑能让空气瞬间变得暖暖的、甜甜的，微笑能让我们和孩子感受到彼此的温和、善意、友好，感受到环境的安全、放松、舒适。

别那样说你妈妈

我和儿子一边吃饭，一边观看电视连续剧《小欢喜》。下面是剧中高中生英子和"别人家妈妈"的对话，这番话让我和儿子都很受启发。

别人家妈妈："英子，你有思想、有勇气，阿姨要是能有你这一半就好了。"

英子："我觉得您现在这样真的特别好，从容平静，您肯定是个特别好的妈妈，您肯定比我妈强……"

别人家妈妈："其实吧，所有的父母都做不到他们自己孩子希望他们的那个样子，我们成年人嘴里每天都叨叨'别人家'的孩子怎么怎么样，在你们这些未成年孩子嘴里不是也有'别人家'的妈妈吗?"

英子惭愧地笑了。

别人家妈妈："你别看我在这儿跟你说一大堆的道理，等我回了家，我面对洋洋（自己家的孩子），也真不知道该怎么跟他沟通。每一个妈妈都有她要自己去解决的问题，我想，你妈妈替你挡住的，可能比她告诉你的要多得多，所以别那样说你妈妈，她要是知道了，得多伤心呢! 英子，慢慢地，你就会明白这些事情了……"

❀说给家长❀ 当亲子之间发生摩擦和矛盾时，如果也能得到像电视剧中温和、冷静、智慧的"别人家"妈妈的劝导，就太幸运了——不仅能与孩子产生共情，也能巧妙引导孩子理性、客观地分析问题，摆事实，讲道理，既剖析了彼此的短板和不足，也维护了父母的形象、尊严和威信。然而在现实生活中，我们总会遇到很多不懂教育，却偏偏喜欢凑热闹、看笑话、乱指挥的家长，不仅不能化解矛盾、正向引导，甚至还伤口撒盐、添油加醋，那简直就是孩子的噩梦。教育孩子不仅是老师的事儿，也是父母的事儿和社会的事儿，在教育面前，家庭、学校、社会都是参与者，谁都不是旁观者，谁都不是局外人，"三位一体"才能做好教育。

等一等，让孩子做决策

儿子给我打电话，问："妈妈，啥时候下班？"我说："准备回家。"儿子说："我爸有事出去了，中午不在家吃饭。"我说："那咱俩吃啥？"儿子说："点外卖吧。"我说："不想吃外卖。"儿子说："那就煮饺子吧。"我说："好的，很期待。"接着，我和儿子都没说话。片刻沉默后，儿子先开口："我来煮饺子吧！"我说："你会煮饺子？"儿子说："会，肉馅饺子煮六滚儿。"我说："太好了，儿子，你竟然会煮饺子了！"儿子说："全红婵十四岁拿了世界冠军，我十五岁了，连个饺子都不会煮？"呵呵，看来这次儿子的"自我教育"完成得不错。此时，我突发奇想：如果我和儿子的对话颠倒过来呢？比如，我说："儿子，你爸不在家，中午咱俩吃啥？"儿子说："咱俩吃饺子吧！"我说："好吧，等我回去煮饺子……儿子，你都十五岁了，连个饺子都不会煮！人家全红婵十四岁就拿世界冠军了……"我能想象出，儿子受刺激后一定会露出狰狞的表情和敌对的情绪。如此一来，教育的效果估计要大打折扣了。

❋说给家长❋ 很多时候，孩子不想做事、不会做事，是因为家长太强势、太着急，家长习惯了为孩子做事、替孩子做主。孩子的成长也像弹簧，你强他就弱，你弱他就强，如果亲子互不相让，当弹簧张力超过一定强度，就会断裂。所以说，家长在孩子面前学会"示弱"，孩子就学会了承担责任和自立自强；等一等再等一等替孩子做决策，孩子就懂得了自主思考和主动作为。生活处处是教育，最好的教育莫过于在润物无声的引导中水到渠成。

欲擒故纵，将计就计

连着几个晚上，儿子总爱在临睡前，躺在床上戴着耳机听歌，有时候还听到很晚，学会了熬夜。我说了几次，没起多大作用。我尝试将计就计、以毒攻毒。这天晚上，我主动邀请儿子去练歌，他很开心。我们两个人点了很多首歌，他一曲，我一曲，轮番练唱。儿子唱得很尽兴，我陪练得也很努力。一直到深夜，我劝说自己，只要儿子不说走，我就不先开口。我故意霸占了麦克风，连着唱了好几曲，此时，我偷偷看了他一眼，发现被"冷落"的他眼皮开始打架，一副无精打采的样子。没一会儿，儿子就撑不住了，他对我说："妈，咱走吧！困了！"我说："等会儿，等会儿，正唱得尽兴呢！"我继续扯着喉咙唱。又过了一会儿，儿子再次催促："妈，走了，走了，明天早晨我还上网课呢！再不回去睡觉，明天就起不来了！"呵呵，你终于想起时间了，终于想起明天还要上课了，终于不想再熬夜听歌了。回到家，儿子很自觉地刷牙洗脸，之后便乖乖躺在床上，瞬间入睡。

✾说给家长✾ 教育孩子，有时候采取欲擒故纵、以毒攻毒的策略也是有效的。比如，孩子喜欢熬夜，父母就和他比着熬夜，孩子困了也不让他睡，于是他就开始和你"对抗"，也许就不想熬夜了。比如，孩子沉迷于看电影，父母就比他还喜欢看，甚至强拉着他，除了看电影，其余什么都不让他做，慢慢地，他就开始"逆反"，也许就不那么迷恋看电影了。再比如，孩子做事磨蹭，父母就尝试比他还磨蹭，尤其在他着急想做的事儿上，父母故意拖延，让他认识到磨蹭真是件令人讨厌的事情，也许他磨蹭的习惯就会有所"收敛"。当一种教育方法不那么奏效时，父母可以尝试换个思路，顺势而为，因势利导，欲擒故纵，诱敌深入，故意让孩子撞到南墙，也许他就学会了理智思考，继而有所转变。当然，这种方式并不是适用于所有的孩子和场合，要因人而异，视情况而定。

唠　叨

上班前，我给在家上网课的儿子交代了几句："管理好自己的时间，合理使用手机，确保网课效果，对了，别忘了练习萨克斯，还有，网课结束后多读点课外书，如果现在不提前适应，接下来的高中生活，你会很辛苦。"当我一脚踏出门外，发现自己忘拿东西了，于是又回房间去拿。临出门前，我又重复了刚才说的几句话。走进电梯，刚好碰见一个小男孩儿，哭着闹着向妈妈要手机玩。我立刻又想到了什么，于是又给儿子打电话，把出门时说的话又再次强调了一遍。儿子说："妈妈，你怎么也学会唠叨了？"是吗？我可向来都不是一位爱唠叨的妈妈啊！看来，唠叨是随时随处可能发生的，而且是下意识和不自觉的。

✲说给家长✲　我曾写过一篇文章《怎么说孩子才会听》，记得当时儿子看了这篇文章后，不屑一顾地说："妈妈，闭嘴是对孩子最好的回答。"有心理学家做了一个调查问卷，让一所小学的孩子选出最讨厌家长的行为，没想到百分之八十的孩子给出了一致的答案——"唠叨。"家长为什么会唠叨？因为家长对孩子不信任、不放心，从而产生恐惧、害怕、担心、焦虑的情绪反应，才会对孩子千叮咛、万嘱咐。唠叨的结果是什么？孩子烦躁不堪，会想尽一切办法去屏蔽、封锁、逃避和反抗，而且还失去了独立思考和自主做事的能力，亲子关系也会越来越糟糕。长期从事犯罪心理和青少年心理问题研究的李玫瑾教授建议："教育孩子要先严后松，三至六岁可以对孩子严格一些，学龄以后尤其是青春期，要松。十二岁以后家长要少说话，点到为止，说完扭头就走，孩子会理解，不要争上下。"适可而止，过犹不及，凡事过量、过度、过分，就会南辕北辙、事与愿违。如果孩子总犯同样的错误，家长非要再次批评的时候，建议可以换个角度、换种方法、换种语气，因为再好的道理说得次数多了，也会变成陈词滥调。如果孩子"准备"屏蔽家长的唠叨时，那么，家长还没有开口，教育就已经失败了。

除了我，还有人会教育他

刚上高一的儿子今天突然对我说，他想继续考萨克斯十级。我问他怎么突然想起来要继续考级，因为我知道，前段时间，儿子以高中生活又忙又累为由，拒绝对萨克斯的继续考级。而现在，儿子说他刚刚竞选上了学校器乐社团的副团长，为了提升实力、树立威信、再出成果，他想继续让萨克斯老师指点迷津，他也准备继续刻苦踏实地练下去。我心里窃喜，因为这次是"自我教育"在儿子身上发挥的作用，源于实际生活的需要，源于他自己的感悟和觉醒。我趁机鼓励了儿子："器乐社团的副团长？这可是凭借你的实力竞选上的，看来你的演奏水平和勇气胆量已经被同学们认可和赏识，你现在又肩负了一份责任，你要带领着团队把'兴趣'变成'特长'，你要用智慧和汗水向学校交一份满意的答卷。"儿子"嗯"了一声，突然若有所思地说："妈，现在回想起来，真的很感谢当年我爸在我小时候想放弃练习萨克斯的时候，十分严厉地批评了我，虽然我当时很逆反、很抗拒，但最终我咬牙坚持下来了……还好我没有放弃。"我明白，这是儿子自己的人生感悟，刻骨铭心，弥足珍贵。

❋**说给家长**❋ 在孩子成长的道路上，充满了艰辛和坎坷，作为父母，要陪着孩子慢慢长大，在他需要帮助的时候伸出援助之手，在他迷茫想放弃的时候适时开导和鼓励。如果有一天，孩子能真正明白父母的良苦用心，能突然醒悟是父母的教诲挽救了自己，那么，教育就收获了可喜的成效，发挥了最大的价值。和谐的亲子关系是：父母知道孩子的内心需求，孩子接纳父母的倾情给予。

图书在版编目（CIP）数据

陪着长大：都娟说家教的事儿／都娟著. －－北京：
中国文史出版社，2022.1

ISBN 978－7－5205－3420－8

Ⅰ. ①陪… Ⅱ. ①都… Ⅲ. ①故事－作品集－中国－
当代 Ⅳ. ①I247.81

中国版本图书馆 CIP 数据核字（2021）第 246742 号

责任编辑：卢祥秋　蔡晓欧
特邀策划：李银双

出版发行：**中国文史出版社**
社　　址：北京市海淀区西八里庄路 69 号院　邮编：100142
电　　话：010－81136606　81136602　81136603（发行部）
传　　真：010－81136655
印　　装：廊坊市海涛印刷有限公司
经　　销：全国新华书店
开　　本：720×1020　1/16
印　　张：16.5　　　字数：215 千字
版　　次：2022 年 1 月第 1 版
印　　次：2022 年 1 月第 1 次印刷
定　　价：56.00 元